अमित कुमार सिंह

First Published in March 2022

ISBN: 978-93-5611-061-8

BLUEROSE PUBLISHERS
www.bluerosepublishers.com
info@bluerosepublishers.com
+91 8882 898 898

Cover Design:
Muskan Sachdeva

Typographic Design:
Pooja Sharma

Distributed by: BlueRose, Amazon, Flipkart

अनुक्रमणिका

आकर्षण

बात उन दिनों की है जब पंकज कक्षा तीन में पढ़ता था। उसका स्कूल घर से कुछ ही दूरी पर था। वह अपने मोहल्ले के अन्य बच्चों के साथ स्कूल जाता था जिसमें लड़के और लड़कियाँ दोनों थे। पंकज स्वभाव से बहुत ही शर्मीला था, इस कारण से लड़कियों से बात करने में उसे झिझक होती थी परन्तु लड़को से वह खुलकर बात किया करता था और उसे लड़को के बीच अपनी कोई भी बात रखने में कोई दिक्कत नहीं आती थी परन्तु जैसे ही कोई लड़की उनके बातों के बीच में आती थी तो पंकज अपनी चलती बातों में हकलाने लगता था। यह कहानी उस समय की है जब दुनिया में मोबाईल फोन का चलन नहीं हुआ था तथा लैण्डलाइन भी इक्का दुक्का घरों में था। पंकज एक छोटे से शहर का आम लड़का था। उसके मोहल्ले में उस समय स्कूल जाने का अघोषित नियम था।

प्रतिदिन स्कूल जाने से पहले उसके मोहल्ले के स्कूल जानेवाले सभी बच्चे और बच्चियाँ मोहल्ले में एक निर्धारित स्थान पर जमा होते और सातवीं कक्षा के बड़े भैय्या उन सब को एक साथ अपने पीछे–पीछे लेकर स्कूल को चले जाते थे। झुण्ड में सभी कक्षा के बच्चे होते थे पहली से सातवीं तक के बच्चे। आठवीं एंव उच्चतर पढ़ाई के लिए बच्चों को जिला स्कूल अथवा अन्य सरकारी स्कूल जाना पड़ता था। आठवीं के बच्चें बड़े बच्चें माने जाते थे जो खुद स्कूल जा सकते थे। उस समय छोटे शहरों में आठवीं कक्षा से उपर की पढ़ाई के लिए प्राईवेट स्कूलों का चलन नहीं था। जिस कारण सरकारी स्कूलों में भी नामांकन के लिए कड़ी परीक्षा होती थी जिसमें कुछ स्थानों के लिए जिले के हजारों छात्र भाग्य आजमाते थे। परन्तु सफलता दो सौ को ही मिल पाती थी। दसवीं तक की कक्षा के लिए स्कूल बोर्ड के कड़े नियमों के कारण उस समय तक उसके शहर में कोई प्राइवेट

स्कूल नहीं था। सातवीं तक की पढ़ाई के लिए प्राइवेट स्कूल थे जो कि शहर के लगभग सभी मोहल्लों में थे। ऐसे ही एक स्कूल में पंकज पढ़ता था और प्रतिदिन अपने मोहल्ले के भैय्या लोग तथा सहपाठियों के साथ स्कूल जाता था। साथ जाने वालों में कक्षा तीन के पाँच बच्चे थे तीन लड़के और दो लडकियाँ। पंकज का परिवार संयुक्त परिवार था जिसके मुखिया उसके दादा थे। पंकज अपनी पीढ़ी का सबसे बड़ा लड़का था इस कारण दादा का स्नेह उसको कुछ ज्यादा ही मिलता था दादा कभी भी उसकी कोई भी बात नहीं टालते थे जिस कारण वह थोड़ा जिद्दी भी हो गया था। जब भी पंकज के पिताजी उसको किसी बात के लिए डाँटने की कोशिश करते तो उसके दादाजी उल्टा उन्हीं को डाँट देते थे कि बच्चे को कुछ नहीं बोलोगे। पंकज के पिताजी अपने पिताजी से बहुत डरते थे और चाहते थे कि उनका लड़का भी उनसे ऐसे ही डरे परन्तु ऐसा हो नहीं पाता था। उसकी माँ और दादी उनके साथ नहीं रहती थी और वे लोग गाँव में रहते थे जो कि शहर से तीन किलोमीटर की ही दूरी पर था। वे लोग गाँव में रह कर खेती और पशुपालन की जिम्मेवारी उठाते थे। पंकज के पिताजी एवं दादाजी सदर अस्पताल में सरकारी नौकरी में थे इसिलिए गाँव में रहकर खेती नहीं कर सकते थे परन्तु समय–समय वो लोग गाँव जाकर फसलों का ध्यान रखते थे। पंकज के नहाने, तैयार करने से लेकर खिलाने तक की जिम्मेवारी दादा उठाते थे। घर में मद्द के लिए कुछ घरेलु नौकर लोग भी थे परन्तु दादा पंकज के सभी कार्य खुद ही करते थे और इसमें किसी की भी दखलंदाजी बर्दाश्त नहीं करते थे।

पंकज बचपन से एक मेधावी छात्र था और वर्ग में हमेशा तीसरे या चौथे स्थान पर आता था ऐसा नहीं था कि दूसरे–तीसरे स्थान पर आने वाले लड़के उससे ज्यादा मेधावी थे, ऐसा इसिलिए था क्योंकि वो शिक्षकों के बच्चे थे ऐसा उसके दादा कहते थे। पूरे क्लास में एक ही ऐसा बच्चा था जो पंकज से ज्यादा मेधावी था। ऐसा पंकज को लगता था और वह छात्र नहीं छात्रा थी। उसका नाम रिंशू था। वह शहर के एक नामी डॉक्टर की बेटी थी। दोनों पहली कक्षा से ही साथ पढ़ते थे। जब भी पंकज को कोई पाठ समझ में नहीं आता था तो वह रिंशू से

पूछना चाहता था परन्तू उसकी कभी भी हिम्मत नहीं होती थी। पंकज अपनी झिझक के कारण क्लास में किसी भी प्रश्न का जबाब नहीं दे पाता था। शिक्षक यदि कोई सवाल ब्लैक बोर्ड पर पूछते थे तो आते रहने के बाद भी वह जबाब नहीं दे पाता था उसे हमेशा लगता रहता था कि उसका जवाब गलत होगा। हॉलाँकि वह उसी समय कॉपी पर वही सवाल बना लेता था और उसके साथ बैठे साथी उसके कापी का जवाब देखकर टीचर को वही जबाब दे देते थे और अकसर टीचर की वाहवाही पाते थे। गणित और सामान्य ज्ञान के विषय में अकसर ऐसा होता था रिंशू इन दोनों विषयों में पंकज से कमजोर थी इस कारण वह इन विषयों में बाकि विषयों की तरह पहले जवाब नहीं दे पाती थी तथा यदि कोई बच्चा जवाब देता तो उसको गौर से देखती थी कि इसने कैसे जवाब दे दिया मुझसे क्यों नहीं हो पाया? पंकज रोज यही सोचता था कि आज गणित में किसी प्रश्न का जवाब दुँगा और रिंशू मुझे गौर से देखेगी। लेकिन पंकज की अपनी झिझक के कारण उसके लिए ऐसा मौका कभी नहीं आया। रिंशू पंकज को एक घमंडी प्रतिद्वन्दि के रूप में देखती थी और उसको देखते हि नाक मूँह सिकोड़ लेती थी। ऐसा इसिलिए था क्योंकि जब कक्षा दो की वार्षिक परीक्षा चल रही थी और सामान्य ज्ञान का प्रश्न पत्र था। यह अंतिम विषय था इसिलिए बच्चे परीक्षा समाप्त होने की खुशी में उत्तर लिख जल्दी–जल्दी घर जाना चाह रहे थे। पंकज अपना उत्तर समय से बहुत पहले लिख चुका था और कापी जमा करने के बाद कक्षा से निकल रहा था तभी उसको रिंशू की धीमी आवाज सुनाई दी कि 1983 का क्रिकेट वर्ल्ड कप कौन जीता। पहले तो उसको लगा कि भ्रम है परन्तु दुबारा आवाज आने पर उसका दिल जोर–जोर से धड़कने लगा और लगा कि पैर जमीन में जम गया। वह पलट कर उत्तर देना चाहता था परन्तु मुँह से कोई आवाज ही नही निकला जिस कारण वह तीसरी बार गुस्सा कर बोली नहीं बताना चाहते हो तो वह भी बोल दो। इस बार पंकज पलटा और पहली बार गौर से उसने रिंशू को देखा मासूम सा चेहरा था बाल एकदम करीने से गुँथे थे जिस क्षारण वह और लड़कियों से अच्छी दिखती थी। जिस समय बाकि लड़कियाँ सुगंध के लिए बालों में चमेली का तेल लगाती थी उस समय वह परफ्यूम का इस्तेमाल करती थी।

जिससे उसकी खुशबू दूर से ही पता चलती थी और समझ में आ जाता था कि रिंशू आ रही है। पंकज बोलना चाह रहा था, कि ऐसा नहीं है। पंकज के मुँह से निकलती हुई आवाज के बीच में एक टीचर का जोरदार मुक्का उसके पीठ पर पड़ा और वह बिना पीछे देखे दरवाजे की तरफ दौड़ गया। इस घटना के बाद पंकज को ऐसा लगा कि रिंशू ने धारणा बना ली है कि पंकज पढ़ने में तेज नहीं है उसको परीक्षा में पता नहीं कैसे नंबर आ जाते हैं। जिस कारण वह उसको हीन भावना से देखती थी। उस दिन जब पंकज घर पहुँचा तो पीठ बहुत ही दर्द कर रहा था पर उसने घटना के बारे में घर में किसी को नहीं बताया। लेकिन पीठ पर पूरा दाग हो गया था और अगले दिन जब दादा पंकज को नहला रहे थे तो उन्हें उसकी पीठ का दाग दिख गया और वह आग बबूला हो गए और पंकज से पूछे ''यह कौन किया है।''

पहले तो उसने छिपाने का प्रयास किया क्योंकि वह दादा का गुस्सा जानता था। परन्तू दादा के बार–बार पूछने पर पंकज बोला ''बेचन सर मारे है।''

यह सुनते ही दादा गुस्से से तमतमाते हुए उसे नहाना छोड़कर अपने कमरे में आ गए। अपनी दुनाली बंदूक निकाले और निकल गए बेचन सर को ढूढ़ने, स्कूल की छुट्टियाँ हो गई थी इसिलिए बेचन सर गाँव जाने के लिए निकल रहे थे दादा उसको पकड़कर अपने साथ घर ले आए और पंकज का पीठ दिखाकर बोले देखो तुमने क्या किया है अब जब तक इसका पीठ का दाग नहीं मिटेगा तुम भी यहीं बंधक रहोगे और यह कहते हुए दादा ने उन्हें लकड़ी रखने वाले कमरे में बंद कर दिया। बेचन सर गिड़गिड़ाते रहे कि ट्रेन छूट जाएगा। तब एक दो घंटे बाद जब दादा का गुस्सा ठण्डा हुआ तो वह बेचन सर को चेतावनी देते हुए छोड़ दिए कि आगे से बच्चा को मारोगें तो अच्छा नहीं होगा।

एक बार इसी तरह एक सहपाठी रंजीत ने पंकज को मुक्का मार दिया था तो दादा उसके घर पहुँच गए थे और वहाँ से तबतक नही हटे जब तक रंजीत को उसके पिताजी ने पीट नहीं दिया।

बेचन सर रिंशू को घर पर पढ़ाते थे और उनके साथ हुई घटना के कारण रिंशू पंकज को अपना दुश्मन समझने लगी और मानीटर होने के नाते उसको जब भी मौका मिलता हल्ला करने वाले लड़को की सूची में पंकज का नाम लिख देती थी ऐसा करने से उसको पंकज के मोहल्ले की लड़की सिंकी रोकती थी परन्तू रिंशू कहाँ मानने वाली थी वह हमेशा की तरह उसका नाम लिख ही देती थी। सब पंकज को बोलते थे कि रिंशू एक नंबर की खड़ूस लड़की है परन्तू पंकज उनको झिड़क देता था कि वह बहुत अच्छी लड़की है। सब इस पर पंकज का मजाक उड़ाते थे परन्तू उसको इस बात से कोई फर्क नहीं पड़ता था। पंकज को जब भी रिंशू के परफ्यूम की खुशबू मिलती वह अनजानी खुशी से भर जाता।

दोस्त बोलते कि वह अपने दोस्तों का नाम तो हल्ला करने के बाद भीं नहीं लिखती है। पर तुम्हारा नाम बिना हल्ला किए ही लिख देती है। इस पर पंकज मायूस हो जाता था और अपने दोस्तों से कहता कि क्या करे कि वह हमको अच्छा लड़का समझें और हमको तंग नहीं करे। एक दिन पंकज अपने राज की बात दोस्तो को बताता है कि रिंशू उसको बहुत अच्छी लगती है और वह उसके किसी भी बात का बुरा नहीं मानता है। और यही बात कोई और करता है तो उसको बहुत गुस्सा आता है। एक बार दिन में उसके परफ्यूम की खुशबू आ जाती है, तो उसको सबकुछ अच्छा लगने लगता हैं। सर का मार भी और डाँट भी। दोस्त समझाते की तुम उम्र से ज्यादा बड़ी बात करते हो। एक दिन दोस्तों ने उससे पूछ ही दिया।

दोस्त लोग बोले "तुम क्या चाहते हो वह तुमसे शादी करे।"

वह शर्माकर गर्देन ना में हिलाकर बोला "बस रिंशू हमसे बिना बात का गुस्सा ना रहे और हमसे भी अच्छा व्यवहार करे जैसा कि तुमलोग के साथ करती है। मतलब हमको भी अच्छ लड़का समझे जैसे की हम हैं। बस इतना सा बात है।"

इस पर एक लड़का जो सभी बच्चों से उम्र में एक–दो साल बड़ा था बोला "यदि तुम उसका टिफिन चुरा कर खा लेगा

और अपना खाना उसमें रख देगा और वह खा लेगी तो वह तुमको दोस्त मान लेगी और फिर कभी तुमसे गुस्सा नहीं करेगी।"

पंकज बोला "ऐसा कोई लॉजिक नहीं है।"

पंकज को इन सब बातों का विश्वास शुरू से नहीं था घर में भी इस तरह के बातों को वह नहीं मानता था कि तावीज पहनने से अच्छा नंबर आएगा। उसके दादाजी के तर्कपूर्ण तरीके से समझाने के कारण उसमें यह समझ थी। परन्तू दोस्तों के बहकावे में वह यह भूल गया। दोस्तों ने बोला कम से कम बिस्किट तो बदल ही सकते हो। पंकज यह मान गया।

पंकज ने अगले दिन वैसा ही किया जब सभी बच्चे बाहर प्रार्थना के लिए मैदान में गए हुए थे उस समय पंकज ने रिंशू के टिफिन के बिस्किट को निकालकर अपने जेब में रख लिया और उसमें अपनी जेब से निकालकर अपना एक बिस्किट डाल दिया। प्रार्थना के बाद जब रिंशू वापस क्लास में आई और अपना बैग देखा तो पाया वह खुला हुआ था। पंकज ने हड़बड़ी में बैग खुला ही छोड़ दिया था। वह उसी समय टीचर को शिकायत करने चली गई फिर दो तीन टीचर क्लास में आए और उसके बैग की जाँच की और पाया कि उसका टिफिन भी खुला था और उसमें से कुछ निकाला गया पर क्या यह पता नहीं चला। फिर सभी के बैग की बारी–बरी से जाँच हुई किस चींज की जॉंच कर रहे थे यह शिक्षकों को भी पता नहीं बस मुख्य टीचर की बात का सभी अनुसरण कर रहे थे। पंकज डरा हुआ था परन्तू डरे हुए तो सभी थे क्या मालूम डाक्टर की बेटी है टिफीन में हीरा रख कर आ गई हो और पिछे–पिछे कोई चोर आ गया हो। इस कारण टीचर को किसी पर शक नहीं हुआ। टीचर ने रिंशू को टिफिन खाने से मना कर दिया और बोला लंच ब्रेक में घर चले जाना। इस तरह वह प्लान फेल हो गया परन्तु पंकज के जान में जान आया कि बच गए। वह तो शुरू से इस प्लान को अनमने ढ़ंग से कर रहा था इस कारण इतनी गलतियाँ कर गया।

कुछ दिन सामान्य बीतने के बाद उस बड़े लड़के को फिर खुराफात सूझी वह पंकज से बोला कि यदि तुम रिंशू का

पीछा करते हुए उसके घर तक चले जाओगे तो वह तुम्हारी दोस्त हो जाएगी। पंकज ने मन ही मन ठाना कि आज वह ऐसा ही करेगा पर समस्या यह थी मोहल्ले के जिन भैय्या लोग के साथ स्कूल आता है वह छुट्टी के बाद हाथ पकड़ कर स्कूल से बाहर ले जाते हैं और उसका घर पूरब की ओर है और रिंशू का पश्चिम की ओर। इसका भी हल उसने खोज लिया, स्कूल का मुख्य दरवाजा पूरब की तरफ था और सभी बच्चे उसी से बाहर निकलते थे और वहाँ से जिसको जिधर भी जाना हो (पूरब, पश्चिम उत्तर, दक्षिण) उस दिशा में अपने घर जाते थे। कक्षा चार के बगल से एक छोटा दरवाजा था जो कि पश्चिम दिशा में खुलता था पंकज ने मोहल्ले के भैय्या लोग से बचने के लिए वही रास्ता लिया और कक्षा चार से होते हुए बाहर निकल गया। कक्षा चार के लड़के क्लास में अनजान लड़के को देखकर हल्ला कर रहे थे पर वह उन सबको अनदेखा करता हुआ बाहर निकल गया और अपने क्लास के उस बड़े लड़के का इंतजार करने लगा। थोड़ी देर बाद मुख्य दरवाजे से होते हुए रिंशू अपने पापा के एक स्टाफ के साथ उसकी ओर आई जिसको देखकर पंकज ने मुँह बैग से छिपा लिया। उसके पीछे वही बड़ा लड़का आ रहा था और उसके साथ दो तीन लड़के और थे सब मिलकर रिंशू के पीछे हो लिए, थोड़ी दूर पर मुख्य सड़क थी तथा सड़क के दोनों ओर गलियाँ जाती थी। थोड़ी देर बाद लड़के एक–एक करके मुख्य सड़क से अपनी घर के गली के ओर मुड़ते चले गए और अन्त में रिंशू के पीछे सिर्फ बड़ा लड़का और पंकज बचे थे थोड़ी देर में उस बड़े लड़के का भी घर आ गया और वह भी तेजी से पंकज को बाई बोलकर चला गया अब पंकज अकेला हो गया उसको डर लगने लगा परन्तु वह हिम्मत करके रिंशू के पीछे–पीछे चल रहा था परन्तु यह भी सोच रहा था कि अब वह क्या करेगा। उसको दादा, पिताजी और माँ सबका चेहरा याद आ रहा था परन्तु जब उसकी नजर सामने जाती हुई रिंशू पर पड़ती वह अपनी गति बढ़ाकर चलने लगता। रिंशू के परफ्यूम में जैसे कोई जादू था जो उसको अपनी ओर खींच रहा था। थोड़ी दूर पर लोगो की भीड़ लगी हुई थी सड़क पर कुछ लोग करतब दिखा रहे थे वह उन दिनों की आम बात थी रिंशू के स्टाफ ने उसका हाथ भीड़ के पास जोर से पकड़ा और उसे लोगों के भीड़

के पार ले गया। पंकज भी जैसे–तैसे भीड़ को चीरने का प्रयास किया और काफी मेहनत के बाद जैसे–तैसे भीड़ से वह बाहर आया तो देखा रिंशू कहीं नहीं थी ना हिं उसकी सुगन्ध आ रही थी। वहाँ एक चौराहा था। वह थोड़ी देर वहाँ खड़ा रहा इधर–उधर गर्दन घुमाया ना उसको आगे का रास्ता मालूम था ना वापस घर जाने का। रास्ता देख कर लग रहा था जाना पहचाना पर सभी रास्ते एक ही जैसे लग रहे थे। करतब भी थोड़ी देर में समाप्त हो गया भीड़ के लोग धीरे–धीरे छँटने लगे पंकज को कुछ याद नहीं आ रहा था कि वह किधर से आया है वह बार–बार सभी रास्तों को गौर से देख रहा था पर सब नए थे वह रोने लगा तभी एक हाथ उसके कन्धे पर आया। उसने देखा एक मैला कुचैला आदमी उसके कंधे पर हाथ रख कर पूछ रहा है ''मम्मी पापा कहाँ है।''

पंकज पहले डर गया और फिर आँखें बंद कर लिया और उसी अवस्था में बोला ''पिताजी घर पर है और मम्मी गाँव में।''

यह सुनते ही उस आदमी ने पंकज को चाकलेट खाने दिया और कहा कोई बात नहीं वह उसके परिवार को जानता है। वह उसे घर छोड़ देगा। पंकज को अनजान व्यक्ति से कोई भी वस्तू लेने के लिए दादाजी ने मना किया था परन्तू वह आदमी देखने में डरावना था जिस कारण पंकज ने डर से चाकलेट खा लिया। चाकलेट खाते ही धीरे–धीरे पंकज के आँखो के सामने अँधेरा छा गया। दादाजी ने पंकज को ऐसे परिस्थितियों की कहानी सुनाई थी और कहा था कभी ऐसा समय आए तो कोई ना कोई निशानी वहाँ छोड़ देना पंकज ने बेहोश होने से पहले उस आदमी से नजर चुराकर अपना कुछ सामान गिरा दिया था।

इधर स्कूल मे सातवी कक्षा के लड़के पंकज को घर ले जाने के लिए इंतजार कर रहे थे। एक एक करके सारे लड़के पूर्वी गेट से स्कूल से बाहर निकल गए लेकिन पंकज उन्हें नही मिला घबरा कर उन्होंने एक–एक क्लास ढूंढ लिया परन्तू उन्हें पंकज नहीं मिला। तब तक टीचर लोग को भी खबर हो चुकी थी कि एक लड़का नहीं मिल रहा है। एक शिक्षक साईकिल से

पंकज के घर पता करने गए कि कहीं वह घर तो नहीं पहुँच गया। उसके घर पर यह सुनते ही कोहराम मच गया। पंकज के चाचा चाची भी घर पर आए थे चाचा दूसरे जिले में पुलिस विभाग में थे और छुट्टी लेकर किसी काम से घर आए थे। दादाजी, चाचा, पिताजी सभी स्कूल की तरफ दौड़े। थोड़ी देर में पूरा मोहल्ला स्कूल में जमा था। चारों तरफ यह बात फैल गई थी कि पंकज लापता हो गया हैं। तभी एक मोहल्ले के आदमी ने बताया कि उसका बेटा चौथी कक्षा में पढ़ता है उसने बोला कि पंकज आज चौथी कक्षा के पीछे वाले दरवाजे से चोरी से पश्चिम की तरफ गया है। मुख्य शिक्षक ने तुरन्त शिक्षकों को पश्चिम दिशा की तरफ रहने वाले तीसरी के सभी बच्चों के घर पूछताछ के लिए भेजा पंकज के अभिभावक और पूरा मोहल्ला भी उन के पीछे हो गया। पश्चिम की तरफ रहने वाले तीसरी कक्षा के सभी लड़को के घर पर शिक्षकों ने पूछताछ की। यह बात पता चली कि एक बड़ा लड़का बहला फुसलाकर पंकज को ले गया था। उस लड़के के घर पर पंकज का पूरा मोहल्ला पहुँचा। उसके बाप ने पंकज के दादा से पहले तो सख्ती से बात की कि उसके बेटे ने कुछ नहीं किया और वह कुछ नहीं जानता। लेकिन पोते को खोने के ख्याल के गम में पागल हुए दादाजी ने पहले तो उसको दो—तीन तमाचे लगाए और फिर उसकी कनपटी पर अपनी दुनाली लगा दिए। तब तक उसकी माँ अपने बेटे को बाहर निकाल कर ले आई और बोली यह जो जानता है अभी बताता है। वह लड़का बोला यहाँ तक पंकज उसके साथ था उसके बाद वह उस तरफ गया। थोड़ी दूर आगे बढ़ने पर पता चला कि यहाँ अभी भीड़ थी कुछ बाहर के लोग करतब दिखा रहे थे। तभी दादाजी को वहाँ पंकज का रूमाल मिला और तुरन्त ही आस—पास के लोगों से पूछताछ की गई। किसी ने बताया कि एक स्कूल ड्रेस पहने लड़का थोड़ी देर पहले यहाँ बैठा था। उस आदमी ने जो हुलिया बताया वह पंकज से मिलता था। इतना सुनते ही चाचाजी चिल्लाए ''भैय्या आप बाबूजी के साथ बस स्टैण्ड जाईए और बाहर जाने वाले एक एक बस की तलाशी लिजिएगा सामान का भी। मैं रेलवे स्टेशन जाता हुँ।''

यह कहते हुए चाचाजी मोटर साईकिल लेकर रेलवे स्टेशन निकल गए उनके साथ मोहल्ले के दो और लोग हो गए थे। दादाजी भी पिताजी के साथ रिक्शा में बस स्टैण्ड के तरफ निकले और निकलते हुए भी उस बड़े लड़के के पिताजी को धमका रहे थे भगवान से मनाओ कि मेरा पोता मिल जाए नहीं तो कल से तुम्हारा बेटा भी नहीं दिखेगा।

बस स्टैण्ड पर दादाजी और पिताजी जानेवली एक–एक बस में पागलों की तरह पंकज को ढूँढ़ रहे थे। पर उनके हाथ कुछ नहीं लग रहा था।

इधर रेल्वे स्टेशन पर चाचा ने एक–एक करके तीनों प्लेटफार्म छान मारा लेकिन कहीं किसी बच्चे का अता–पता नहीं चला। चाचाजी ने वहाँ पहुँच चुके मोहल्ले के सभी लोगों को प्लेटफार्म पर रखी एक एक पोटली और बक्से को खोलकर देखने को कहा।

चाचाजी की सूझबूझ रंग लाई और स्टेशन पर एक लोहे के बेंच के नीचे बोरे में पंकज मिल गया। चाचा बेहोश पंकज को घर ले आए। बेहोशी के कारण अगले दिन पंकज सवेरे उठा तो उसे बहुत दर्द और थकान लग रही थी। वह कल की घटना को याद करना चाह रहा था पर उसे कल की घटना सपना जैसा लग रहा था। वह झूठमूठ का आँखे बंद करके दूसरों की बाते सुनने का प्रयास करने लगा जब उसे लगा कि सब कुछ ठीक है तब उसने अपनी आँखे खोली। परन्तू उसको इस बात का एहसास हो रहा था कि एक अवांछित आकर्षण के कारण उसकी जिन्दगी खत्म होने वाली थी।

इतनी बड़ी बात हो जाने के बाद भी घरवालों का व्यवहार सामान्य था तथा किसी ने पंकज को इस घटना के बारे में कोई चर्चा नहीं की।

उस घटना के बाद पंकज के पिताजी ने उसको चाचा के साथ उनके घर रहने के लिए भेज दिया। चाचा दूसरे जिला में पुलिस विभाग में नौकरी करते थे और चाची बहुत ही अनुशासनप्रिय महिला थी। दादाजी ने ना चाहते हुए भी पंकज को चाचा के साथ भेजने के लिए हाँमी भर दिया। अगले तीन साल चाचा के घर पंकज के बहुत ही अनुशासित बीते, अब उसको अपना सारा कार्य खुद ही करना पड़ता था। अपने काम के अलावा पंकज दूध, न्युज पेपर इत्यादि लाने का काम भी घर के लिए करता था। इस कारण पंकज के व्यक्तिव का विकास हुआ और वह धीरे धीरे स्वाबलम्बी बना। लेकिन दादाजी के बगैर उसको मन ही नहीं लगता था और जब भी मौका मिलता घर जाने की जिद्द करने लगता लेकिन चाचा जी के डर से उसका जिद्द ज्यादा देर नहीं चलता। चाची पंकज के खाने पीने का अच्छे से ख्याल रखती थी जिसके कारण पंकज के शरीर का अच्छा विकास हुआ। इन तीन वर्षों में उसके पढ़ाई और शरीर में अच्छी–खासी वृद्धी हुई और इस कारण से उसे स्कूल में पाँचवी कक्षा से सीधे सातवीं कक्षा में भेज दिया गया। उन दिनों तेज विद्यार्थियों के लिए कक्षा की छलांग लगाना आम बात थी।

पंकज यहाँ से भागने का प्रयास कई बार कर चुका था परन्तू चाचा उसके स्वभाव से वाकिफ थे इसिलिए हर बार उसकी कोशिश नाकाम रहती थी। पंकज पत्र के माध्यम से अपने माँ को बताता था कि चाची उसके साथ अच्छा व्यवहार नहीं करती है तथा उसके खाने पीने का भी ध्यान नहीं रखती तथा घर का काम भी करवाती है। इस कारण उसको यहाँ नहीं रहना है। तीन वर्षों के प्रयास के बाद पंकज को सफलता मिली और तीन वर्षों के पश्चात उसके दादा उसको वहाँ से ले जाने के लिए चाचा के घर पहुँच गए थे। पंकज की खुशी का ठिकाना नहीं था दादा को

देखकर वह खुशी से पागल ही हो गया था। दादा बहुत दुबले हो गए थे इसका कारण था पंकज के जाने के बाद उन्होंनें खाना–पीना कम कर दिया था और हर माह पंकज के पत्र के आने का इंतजार करते रहते थे। उसके विपरित दादा ने देखा कि पंकज की सेहत एकदम अच्छी है तथा उसके अन्दर आत्मविश्वास भी आ गया है। वह दादाजी को स्कूल की कहाँनियाँ सुना रहा था कि कैसे हर विषय में उसको शत प्रतिशत नंबर आए जिस कारण टीचर ने उसे एक के बदले दो क्लास का प्रमोशन दे दिया और अब वह सातवीं कक्षा का छात्र था।

अगले दिन दादाजी पंकज को लेकर अपने शहर को रवाना हो गए। पंकज तीन वर्षों के बाद अपने शहर लौटा था। माँ उसको देखकर खुशी से फूली नहीं समा रही थी। पर मन ही मन उसको हँसी भी आ रही थी कि कितना झूठ लिखता था यह चिट्ठी में।

अगले दिन पिताजी पंकज को लेकर उसके पुराने स्कूल गए और उसका नामांकन सातवीं कक्षा में करवा दिए। चौथी क्लास में जिन लड़को को वह भैय्या बोलता था अब वह उसके सहपाठी हो गए थें। नामांकन वाले दिन से हि उसने क्लास करना शुरू कर दिया और शिक्षकों के सवालों का सही सही जवाब भी देने लगा। लंच ब्रेक में कक्षा के सभी छात्र–छात्रा स्कूल के सामने पूरब दिशा वाले मैदान में जा रहे थे। पंकज को फिर वही जानी पहचानी खुशबू महसूस हुई उसे लगा कि रिंशू आस–पास ही कहीं है। पिछले तीन वर्षों में उसने उसको कई बार याद किया था। पंकज ने उधर, देखा और पाया सिकीं और रिंशू साथ–साथ हाथ में अपना टिफिन लेकर मैदान की तरफ जा रही थी। पंकज के सामने से गुजरने के दौरान सिंकी की नजर उस पर पड़ गई और वह अपनी खुशी नहीं छुपा पाई। मुस्कुराते हुए बोली ''कैसे हो पंकज''

रिंशू भी आवाज सुनकर उसकी तरफ देखी और मुस्कुराते हुए बोली ''अरे पंकज इतने सालों के बाद, कहाँ थे इतने दिन।''

पंकज उन दोनों की बात ध्यान से सुना और पाया कि इस बार रिंशू को देखकर ना तो उसका दिल जोर से धड़का और ना हि उसके आवाज में लड़खड़ाहट आई। उसने पाया उसके अन्दर रिंशू के प्रति कोई आकर्षण नही बचा है। उसने पहले सिंकी की ओर देखकर उसको जवाब दिया "शाम को कोलोनी में बात करते हैं कल ही आए हैं।"

फिर रिंशू की ओर देखकर बोला "तुमसे सीनीयर हैं सातवीं कक्षा में आ गए हैं। भैय्या बोलो"

यह कहकर पंकज वहाँ से आगे बढ़ गया मैदान के तरफ। पिछे से रिंशू की आवाज आ रही थी "हम पहले ही बोले थे यह घमंडी है।"

सिंकी बोली "तुम गलत समझ रही है वह सही ही तो बोल रहा था भैय्या बोलो"

रिंशू बोली " तुमको तो नहीं बोला बोलने के लिए"

सिंकी बोली "वो इसलिए क्योंकि हमलोग एक ही मोहल्ले से हैं बचपन से साथ रहे है और वह हमसे छ: महीने का छोटा है।"

पंकज को आवाज आनी बंद हो गई। आज उसको रिंशू के व्यवहार का कोई बुरा नहीं लग रहा था। उसे समझ नहीं आया कि तीन साल पहले जिसके आकर्षण में पंकज अनजान रास्ते पर चल दिया था और तीन साल तक अपने परिवार से दूर रहा। आज उसके किसी भी बात का उस पर कोई फर्क नहीं पड़ रहा है। पिछले तीन वर्षों में वह सोचता था कि जब रिंशू के सामने दुबारा जाऊँगा तो वह क्या सोचेगी मेरे बारे में। यह सब सोच–सोच कर वह घबरा जाता था पर आज उस कहानी का अंत हो गया।

स्कूल से घर लौटने पर पंकज ने घर पर पाया कि माँ कपड़े बक्से में समेट रही थी और सारा सामान बिखरा हुआ था। पंकज को देखकर माँ ने कपड़े के कुछ टुकड़े पंकज को दिए और कहा कि पिताजी के साथ जाकर इसको सिलवा लो।

पंकज ने पूछा ''क्या बात है।''

माँ ने खुशी से कहा 'तुम्हारी मौसेरी बहन की शादी है अगले सप्ताह, हम सबको मौसी के घर जाना है।''

शाम को पिताजी के साथ दर्जी के यहाँ जाकर पंकज ने कपड़े और नाप दोनों दे दिया। दो दिन बाद शाम को सिले हुए कपड़े लेकर पिताजी आ गए थे। पहली बार पंकज के नाप के सिले हुए कपड़े बने थे बचपन से ही वह रेडिमेड कपड़ा पहनता था। उसको इस दिन का इंतजार था कब वह बड़ा हो और उसके नाप से कपड़ा बने। वह मन ही मन रोमांचित हो गया। इन कपड़ो में पंकज बहुत ही खूबसूरत लग रहा था। माँ ने काला टीका लगाया और बोला ''अभी खोल दो नही तो शादी के लिए गन्दा हो जाएगा ।''

अगले दिन माँ पिताजी और पंकज मौसी के घर के लिए रवाना हो गए। पंकज दादाजी को छोड़कर जाना नहीं चाहता था अभी ही तो तीन वर्ष उनसे दूर रहा था फिर सात दिन के भीतर दुबारा दूर जाना पड़ रहा है। वह पहले ही मना करना चाहता था पर नए कपड़े के लोभ में चुप रह गया। फिर दादाजी ने ही समझाया कि एक—दो दिन की बात है उसके बाद ही पंकज मौसी के यहाँ जाने को तैयार हुआ।

शादी वाले दिन तीनों मौसी के घर पहुँचे। मौसी ने माँ को दो—तीन दिन पहले आने को बोला था परन्तु माँ शादी वाले दिन पहुँची थी इसीलिए मौसी माँ से नाराज थी। माँ झट से काम में हाथ बँटाने लगी। पिताजी भी मौसा जी के भाईयों के साथ सजावट के कार्य एंव हलवाई द्वारा बनाए जा रहे व्यंजनो की देख रेख का कार्य करने लगे। पंकज अकेला इधर—उधर घुम रहा था कभी हलवाई के पास बनते हुए व्यंजनो को देखता तो कभी सज रहे पण्डालों को सभी अपने—अपने कार्यों में लगे हुए थे। पंकज सुबह से ही सफर में था। अभी दिन के दो बज रहे थे उसे जोरो से भूख लग रही थी पर वहाँ उसे खाने के लिए पूछने वाला कोई नहीं था माँ भी मौसी के डर से उनके साथ साए की तरह लग गई थी। पंकज को भूख बर्दाश्त नहीं हो रही थी उसके जेब में दादा जी के द्वारा दिए हुए दो रूपए का एक नोट था।

वह मौसी के घर के चारदिवारी से बाहर आ गया और ढूँढ़ने लगा कि दुकान किस ओर है उसको कुछ सूझ नही रहा था दाएँ जाए या बाएँ जाएं। वह दायीं तरफ से आया था और वहाँ उसको रास्ते में कोई दुकान नहीं दिखी थी। इसिलिए वह बायीं तरफ चलने लगा। थोड़ी दूर चलने के बाद भी उसे कोई दुकान नहीं दिखाई दिया। तभी उसने देखा एक लड़की जो कि तकरीबन उसके उम्र की होगी हाथ में खाली शीशी लेकर चली आ रही है। उस जमाने में पैकेट का तेल गाँवों में नहीं मिलता था और लोगों को किराने दुकान पर अपनी शीशी लेकर तेल लाने जाना पड़ता था। पंकज को लगा अब रास्ता मिल गया है यह लड़की निश्चित ही तेल लेने के लिए किराना दुकान जा रही है। उस लड़की ने देखा कि एक लड़का उसको देखते ही जा रहा है। वह भी पंकज को घूर कर आगे बढ़ गई। उसने फ्राँक पहन रखी थी और उसके सामने सर के बाल बार–बार उसके आँखो पर गिर जाते थे जिसको वह झटके से उठाती थी। जब तक वह पंकज के सामने थी वह खड़ा रहा जैसे ही वह आगे बढ़ी पंकज उसके पीछे–पीछे हो लिया। थोड़ी दूर पीछे चलने के बाद उसने देखा वह लड़की रूक गई है और पीछे देख रही है। पंकज भी झट से रूक गया और पीछे देखने लगा। यही प्रक्रिया दो–तीन बार हुआ। थोड़ी दूर के बाद वह लड़की एक गली की तरफ घूम गई और दस कदम चलने के बाद एक दरवाजे के पास रूक गई और पंकज के ओर उँगली से ईशारा करते हुए चिल्लातें हुए वहाँ खड़े एक आदमी से बोली ''चाचा देखो यह लड़का मेरा पीछा कर रहा है।''

उसका चाचा चिल्लाया ''ऐ कौन है रूको''

पंकज आव देखा ना ताव और पीछे घूमकर सरपट दौड़ने लगा और तबतक दौड़ते रहा जबतक मौसी का घर नहीं आ गया। रास्ते में जो मिलता वह पूछता ''भाग क्यों रहा है।'' पर पंकज रूकने वाला कहाँ था। वो सीधा अपनी बहन के कमरे में चला गया जिसकी शादी होने वाली थी। अभी के लिए उसे सबसे सुरक्षित जगह वही लगी। अब उसकी भूख मर चुकी थी। बार–बार वहाँ मौजूद महिलाएँ उसको वहाँ से जाने को कहती थी पर वह वहाँ से जाने का नाम नहीं ले रहा था। सात बजे तक

वह वहीं जमा रहा इस बीच गाँव की लड़कियाँ आती–जाती रही पर पंकज वहीं जमा रहा। जिसपर वहाँ मौजूद महिलाओं ने कहा ''बहुत प्रेम है भाई बहन में।''

थोड़ी देर बाद पंकज के वहाँ से जाने का समय हो गया क्योंकि वहाँ सामने वही लड़की थी। पंकज को देखकर वह चौंक गई पर पंकज हाथ जोड़कर उसको चुप रहने का ईशारा किया। पंकज की बहन पंकज को बोली ''यह सखि है, इसका ननिहाल तुम्हारे गाँव में है यह वहीं पढ़ती है। पढ़ने में बहुत तेज है।''

पंकज इससे पहले कुछ बोल पाता वह बोली ''तुम यहाँ क्या कर रहे हो बाहर जाकर बैठो यह लड़कियों का जगह हैं।''

पंकज ने चुपचाप वहाँ से खिसकने में भलाई समझी। थोड़ी देर में पिछे–पिछे वह भी आ गई और पंकज से हल्के गुस्से से पूछा ''पिछा क्यों कर रहा था शादी करेगा क्या हमसे।''

पंकज शर्म से लाल हो गया धीरे से बोला ''भूख लगा था।'

वह बोली ''भूख लगा था तो हमको खाता क्या जो तुम पिछा कर रहा था।''

पंकज ने उसको पूरी बात उसको बताई। वह भी धैर्य पूर्वक उसकी पूरी बात सुनी फिर बोली ''अरे माफ करना गलत फहमी हो गया था हम तो बथान पर किरासन तेल देकर खाली बोतल लेकर अपने घर आ रहे थे।''

(बथान वह जगह होती थी जहाँ पशुपालन का कार्य किया जाता हैं।)

पंकज हँसते हुए बोला ''आज हम बेकार का मार खा जाते।''

फिर वह कुछ सोचकर बोली ''कुछ खाया।''

पंकज ने ना और हाँ दोनों में सर घुमाया।

वह बोली ''चलो तुमको कुछ खिलाते हैं।''

यह कहकर वह हलवाई के तरफ चली गई और वहाँ से दो पापड़ उठा कर ले आई। दोनों ने साथ मिलकर पापड़ खाया। पंकज के जान में जान आया। उस शादी की रात दोनों ने साथ–साथ पूरा समय बिताया। वह पंकज से तरह–तरह के सवाल कर रही थी, जैसे शरीर में कितनी हड्डियाँ होती है? आँख, कान, जीभ, नाक, त्वचा को संयुक्त रूप से क्या कहते हैं। पंकज धैर्यपूर्वक सभी सवालों का जवाब देता जा रहा था। उसके सवाल रूक ही नहीं रहे थे। ध्रुव तारा को कैसे पहचानते हैं? पंकज ने इशारा करके बताया। पंकज ने उससे अपने गाँव में मिलने का वादा किया। अगले दिन सभी ने वहाँ से विदा लिया परन्तू पंकज को वहाँ से जाने का मन नहीं कर रहा था।

अपने घर लौटकर पंकज को कुछ भी अच्छा नहीं लग रहा था वह दादाजी के साथ बैठा रहा। दादाजी उससे बहुत सारी बात कर रहे थे। लेकिन उसका ध्यान कहीं और था। माँ गाँव जाने के लिए तैयार थी पिताजी उनको छोड़ने जा रहे थे पंकज भी जाने की जिद्द करने लगा परन्तु पिताजी ने मना कर दिया कि स्कूल छूट जाएगा। धीरे–धीरे सातवीं कक्षा खत्म हुई और अब आठवीं के लिए तैयारी शुरू हुई। जिला स्कूल की नामांकन परीक्षा जनवरी महीने में थी।

पंकज अब साईकिल चलाना सीख गया था और जरूरत का सामान साईकिल से गाँव माँ और दादी के लिए पहुँचा देता था, गाँव जाना तो उसके लिए बहाना था सखि से मिलने का। परन्तू उस रात के बाद उसकी मुलाकात सखि से अबतक नहीं हो पाई। दीदी ने कहा तो था कि उसका ननिहाल उसके गाँव में है परन्तु आज तक स्कूल में वह दिखी नहीं। पंकज हमेशा कि तरह इस बार फिर मौका मिलते ही दादी की दवाई लेकर गाँव चला गया। मिडल स्कूल रास्ते में ही पड़ता था पंकज रूक कर आते हुए बच्चों को देखता रहा परन्तू वह नहीं दिखी। फिर वह दवाई पहुँचाने घर चला गया और वहाँ से लौट कर स्कूल की छूट्टी होने का इंतजार करने लगा। छूट्टी के बाद एक–एक करके सभी बच्चे निकल गए परन्तू वह नहीं दिखी। तभी पंकज ने अपने रिश्ते के भाई कैलू और कारी को वहाँ देखा। उनलोगों को देखकर पंकज वहाँ से निकलने ही वाला था कि तभी उनकी

नजर उस पर पड़ गई और वो लोग दौड़कर उसके पास पहुँच गए। कैलू और कारी गाँव के छँटे हुए बदमाश लड़के थे, लड़कियाँ छेड़ना उनको तंग करने में इन दोनों को खूब मजा आता था। इसलिए पंकज उन दोनों से दूर-दूर रहता था।

वो दोनों पंकज से बोले "यहाँ क्या कर रहा है। यहाँ तुम्हारे शहर जैसा आईटम नहीं मिलेगा।"

पंकज खीजते हुए बोला "फालतू टाईप का बात मत करो।"

वो लोग बोला "अच्छा टाईप का बात करते हैं वो आईटम कैसी है।"

एक लड़की की ओर ईशारा करके कैलू बोला। अब पंकज का सब्र जवाब दे रहा था वह साईकिल पर पायडल मार कर निकलने ही वाला था तभी उसके दिमाग में आया कि इन दोनों को सखि के बारे में पता होगा। यही सोचकर वह उन दोनों से उसके बारे में जानकारी ली जिस पर वो दोनों अश्लील तरीके से व्यवहार करने लगे पर पंकज का गुस्सा देखकर बता दिया कि वह प्राथमिक विद्यालय में पढ़ती है इस पर पंकज को आश्चर्य हुआ। लेकिन उसको समझ मे आ गया कि मौसी का गाँव बाढ़ ग्रस्त इलाका है इसलिए वहाँ स्कूल नहीं है इस कारण सखि की पढ़ाई देर से शुरू हुई होगी। पंकज खुशी से साईकिल पर ही उछल पड़ा और शहर वापस जाने के बजाए कैलू और कारी के साथ गाँव लौटने लगा लेकिन तभी उसे एहसास हुआ कि अगर शाम को वह दादाजी के पास नहीं पहुँचेगा तो वह उसको ढूढ़ते रात में गाँव आ जाएँगें। यह सोचकर उसे ना चाहते हुए भी शहर लौटना पड़ा। वह अगली बार गाँव जाने का मौका ढूढ़ने लगा। कारी और कैलू पंकज से बहुत तगड़े थे परन्तु वह उसकी बात सिर्फ उसके दादा के कारण मान लेते थे, मानने की बाध्यता रहती थी। क्योंकि एक बार पंकज ने किसी की शिकायत दादा से कि नहीं की उसकी खैर नहीं।

समय बीतता गया पंकज को दुबारा गाँव जाने का मौका नहीं मिला। इस बीच उसके दादा की तबीयत बिगड़ने लगी और अन्ततः उनका देहान्त हो गया। अन्तिम संस्कार गाँव में होना था

सभी रिश्तेदार वहीं पहुँच रहे थे। दादाजी को लेकर पंकज, पिताजी और चाचाजी एंम्बुलेन्स से गाँव पहुँचे अगले दिन उनका अंतिम संस्कार किया गया। पंकज पर दुःखो का पहाड़ टूट गया उसका तो सब कुछ छीन गया। थोड़ी देर बाद दादाजी पंच तत्व में विलिन हो गए। सभी घर को लौट गए।

पंकज भी उठकर घर के तरफ जाने लगा रास्ते में प्राथमिक विद्यालय की छुट्टी हुई थी। पंकज ने सखि को दो और लड़कियों के साथ जाते हुए देखा। कारी और कैलू ने पंकज को उसको आवाज देने के लिए कहा पंकज ने वैसा ही किया। वह पलटी पंकज को देखा और फिर तेज–तेज कदमों से आगे बढ़ने लगी। कारी पंकज को उसका पीछा करने के लिए उकसा रहा था परन्तु पंकज उसकी बेरूखी देखकर रूक गया और उसको जाने दिया।

अब तेरह दिनों तक उसको गाँव में ही रहना था। मृत्युभोज भी किया जाना था। पिताजी और चाचाजी पैसे जुटाने में लगे थे और दादी, माँ और चाची मृत्युभोज के लिए घर के साम्रगियों चावल गेंहुँ, मसाला इत्यादि को सुखाने में लगे थे। इस बीच पंकज अकेला पड़ गया था वह रात को दादाजी से घण्टों बात करता था और पूरे दिन का हाल सुनाता था पर अब वह बिल्कूल अकेला था। इसी बीच कैलू और कारी उसको अपने साथ छत पर सोने ले जाते और उससे सखि के बारे मे पूछते। शुरू में पंकज उसकी बात करने से इनकार करता रहा। परन्तु अब उनका लहजा पंकज के प्रति सख्त हो गया था और कभी कभार एक आध झापड़ भी वो लोग पंकज को लगा देता था।

फिर वो लोग बोला कि "तुम उसको एक लेटर लिखो और मिलने बुलाओ रात में किराना दुकान पर।"

पंकज डरते हुए बोला "इससे क्या होगा।"

वो बोले "इससे तुम अपने प्रेम का इजहार करोगे।"

पंकज बोला "उससे क्या होगा।"

वो बोले "उससे तुमको प्रेम मिलेगा। छठा मे प्रजनन का अध्याय नहीं पढ़ा है।"

असल में कालू और कैलू पंकज के बहाने रात में उस लड़की को किसी तरह घर से निकालना चाहते थे जिससे उसके साथ जबरदस्ती कर सके। कालू और कैलू अकसर ऐसी घटनाओं को रात में अंजाम देते आए थे। कोई बदनामी के डर से शिकायत नहीं करता था। आखिर रात में निकलने के कारण बदनामी तो लड़की की होनी थी।

मृत्यू के तीसरे दिन मौसी मिलने आई दादी और माँ फूट फूट कर रोए। मौसी अपने गाँव से सखि के कुछ गर्म कपड़े भी ले कर आई थी जो उसको देने थे। शाम को मौसी पंकज के साथ सखि के घर गई जो थोड़ी ही दूर पर था। मौसी सखि के नानी से बात कर रही थी। नानी उसकी बोल रही थी कि सखि पढ़ने में बहुत तेज है और बड़े होकर डॉक्टर बनना चाहती है। गाँव का माहौल ठीक नहीं है थोड़ा बहुत पैसा रहता तो इसको इसके मामा के पास शहर पढ़ने भेज देते। पंकज को सखि के नानी की बातें झूठी और बढ़ाई–चढ़ाई हुई लग रही थी क्योंकि वह सोच रहा था हमारे यहाँ कि लड़कियाँ तो सिर्फ शादी करने और काम करने के लिए बनी है।

उस दिन सखि पंकज से अच्छे से बात कर रही थी और अपने केशों को झटकते हुए उसे बता रही थी कि वह पढ़ती तो पाँचवी में है पर सातवीं तक का गणीत बना लेती है। और उस दिन उसको दादा जी के बारे में पता नहीं था और गाँव में उसका किसी से बात करना उसके घरवालों को पसंद नहीं है। घरवालों की सख्त हिदायत है कि किसी भी लड़के से बात नहीं करना है नही तो पढ़ाई लिखाई बन्द वापस अपने गाँव। सखि के घर से लौटने पर कैलू और कारी ने पंकज से एक–एक बात पूछी।

कैलू और कारी ने पंकज से एक प्रेम पत्र तैयार करवाया और उसे सखि को उसी दिन देने को कहा। पत्र सखि को देने का मौका पंकज को नहीं मिल पा रहा था। वह जान बूझ कर भी अनजाने डर से इसे टाल रहा था पर हरबार उसे उनदोनों की धमकी सुनने के लिए मिलती थी। तेरहवें दिन के भोज में पंकज पूड़ी बाँट रहा था और गाँव की लड़कियाँ जमीन पर बैठकर खा

रही थी पंकज जब सखि के पास पहुँचा तो पूड़ी का बर्तन नीचे जमीन पर रख दिया ओर खुद भी जमीन पर बैठकर उसको पूड़ी देने लगा और एक पूड़ी में कागज का पत्र महीन मोड़कर पहले ही डाल दिया था और उसे सखि को दे दिया। पत्र का लब्बो–लुआब था कि आज रात आठ बजे मुझसे सबके सोने के बाद किराने के दुकान पर मिलो। इस घटना के बाद वह वहाँ से चला गया और किराना दुकान के पास उसका इंतजार करने लगा। अभी साढ़े छः बज रहे थे मिलने का समय पत्र में आठ बजे का था। पंकज को उसके आने की उम्मीद कम भरोसा ज्यादा था। इस बीच वह सोच रहा था कि आएगी तो वह उसके साथ क्या बात करेगा। सारी बात तो वह उससे कर चुका है। परन्तू कैलू और कारी के डर से वह ऐसा कर रहा था। उसको यह समझ में नहीं आ रहा था। कैलू और कारी का इसमें क्या फायदा और प्रजनन क्या होता है। फिर भी पंकज बेसब्री से उसका इंतजार कर रहा था तभी उसको दिवाल के पीछे खड़े लड़के की परछाई दिखी जो कि चाँद की रौशनी से बन रही थी। पंकज को वह परछाई कारी की लगी वह धीरे से दिवाल के दूसरी तरफ से होता हुआ उनलोग के पास जाकर छिप गया। दोनों आपस में बात कर रहे थे।

कारी – ''दिखाई दे रहा है।''

कैलू – ''नहीं

कारी – ''ठीक से देखो''

कैलू – ''अभी समय है छोड़ो''

कारी – ''एक बार साली आ जाए बस''

कैलू – ''प्रॉमिस याद है ना हम उसको पहले खेत में ले जाएँगें तुम पंकजवा   को पकड़ेगा।''

कारी – ''हाँ साला याद है पिछला बार हम पहले किए थे इस बार तुम''

कैलू – ''बहुत मजा आएगा''

पंकज इन बातों को सुनकर आश्चर्य चकित था उसको लगा इस होने वाले पाप का एक-लौता कारण वही है ये दोनों उसके पीछे बहुत दिनों से पड़े होंगे। पर आज उनको सफलता मेरे कारण मिल जाएगी। तबतक किराना दुकान बन्द हो गया था धीरे-धीरे वहाँ खड़े सभी लोग जा चुके थे जिससे लगा कि सात बज गया है उन दिनों गाँव में लोग आठ बजे तक खा-पीकर सो जाते थे।

पंकज को कुछ सूझ नहीं रहा था पर उसको किसी भी तरह सखि को यहाँ आने से रोकना था। वह उन दोनों से नजर बचा कर सखि के घर तरफ निकल गया लेकिन मन में डर था कि अगर दूसरे रास्ते से आएगी तो उनलोगों के हाथ आ जाएगी। इस बीच उसको सखि दिख गई घर से निकल ही रही थी वह दौड़कर उसके पास पहुँच गया और हाथ पकड़कर गली में ले गया और धीरे से बोला "हम पंकज कहीं जाने का जरूरत नहीं है मन लगाकर पढ़ाई करना उम्मीद कम है लेकिन एक दिन डॉक्टर बन जाना।"

पंकज की यह बात कहने से पहले हाथ पकड़ते ही सखि जोर से चिल्लाई थी जिस कारण उसके घर से लोगों की आवाज आने लगी जैसे वह घर से बाहर आ रहे थे। पंकज अपनी बात बोलकर विपरित दिशा में सरपट भागा।

सखि ने घरवालों को कहा कि "वह खाना गाय को देने आई तो यहाँ दो लोगों को देखा जो उसको देखकर भाग गया।"

घर वालों ने पूछा "किधर भागा।"

सखि ने पंकज को आते हुए भी देखा था और भागते हुए भी। उसने पंकज के आने वाली दिशा की ओर ईशारा करते हुए कहा "इधर भागा है।"

सखि के घर वाले उस दिशा में गए और वहाँ उनको कैलू और कारी छिपे हुए मिले जिसको उन्होंने तबीयत से धोया।

पंकज भागते भागते नहर तक चला गया और रुका तभी जब एक गरजती हुई आवाज आई "रूको नहीं तो ठोक देंगें।"

पंकज डर गया और वहीं रूक गया। उन दिनों डाकुओं का प्रकोप काफी रहता था पंकज अनजाने डर से भयभीत हो गया।

और घिघियाते हुए कहा ''अंकल प्लीज गोली मत चलाइए।''

परन्तू वापस जो आवाज आई वह एक महिला की थी जो कह रही थी ''बच्चे तुम गलत दिशा में आ गए हो वापस घर की तरफ लौट जाओं।''

पंकज के पैर थरथरा रहे थे धड़कन बढ़ गई थी। परन्तू पंकज वापस घूमकर सरपट भागा कुछ दूर दौड़ने के बाद उसको पीछे से गोलियों की आवाज आने लगी परन्तू वह रूका नहीं और तबतक भागा जबतक वह अपने घर नहीं पहुँच गया जहाँ सभी खाना खाकर सोने की तैयारी कर रहे थे। रात भर उसको नींद नहीं आई वह बस आवाज के बारे में सोचता था कि किसी महिला की आवाज थी जो आत्मविश्वास से लबरेज थी बच्चे तुम गलत दिशा में आ गए हो। डाकु के गिरोह की नहीं हो सकती जरूर कोई महिला पदाधिकारि होगी परन्तू इस जिले में आजतक किसी महिला पुलिस पदाधिकारि का नाम नहीं सुना। फिर वह सोचने लगा कि सखि भी अगर इसी लगन से पढ़ाई करेगी तो एक दिन कुछ बन जाएगी।

बुरे लड़के से तो वह दुर रहती हैं परन्तू मेरे जैसे अच्छे लड़के के कारण किसी मुसीबत में पड़ सकती है इसलिए मुझको उससे दूर रहना होगा यही सोचते हुए उसको नींद आ गई।

अगले के अगले दिन पंकज की जिला स्कूल के नामांकन की परीक्षा थी। पंकज चाचा के साथ परीक्षा देने गया और परीक्षा के बाद एक दुकान में दोनों समोसे खाने बैठे। सामने न्युज पेपर का फ्रन्ट पेज था जिस पर हेड लाइन था कि युवा ए०एस०पी० अनुपमा के नेतृत्च में तीन डकैत ढ़ेर।

पंकज ने पहली बार किसी महिला आफिसर का नाम सुना था। पंकज देखकर मुस्कुराने लगा और सोचा कि काश

सखि भी इसी तरह एक दिन डॉक्टर बन जाए। बस इसके लिए उसको उससे दूर रहना है।

उस दिन के बाद से पंकज जीवन के अगले दस सालों तक सखि के आस पास नहीं फटका। सखि आज अपने नाम में डाक्टर लगाती है। यह अलग बात है वह मेडिकल वाला नहीं पी०एच०डी० वाला डाक्टर है। सखि की जिद ने बाढ़ ग्रस्त इलाके वाली सखि को उच्चतर डिग्री को हासिल करने का मौका दिलवाया।

मेरी-वाली

दादाजी के गुजर जाने से पंकज की जिन्दगी में शून्य उत्पन्न हुआ वह काफी लम्बे समय तक बना रहा। धीरे-धीरे समय बीतता गया। फिर दौर आया जब साल दर साल रोमांटिक फिल्में रिलिज हुई। हम आपके है कौन से जो सिलसिला शुरू हुआ वह मोहब्बतें तक चला। मोहल्ले के सभी लड़के चौक पर बने चबूतरे पर बैठे-बैठे ही अपनी वाली ढूँढ़ लिया करते थे। चबूतरे पर ही फैसला हो जाता था कि वह लाल ड्रेस वाली इसकी, पीली वाली तुम्हारी और काली ड्रेस वाली मेरी। यह अलग बात थी कि लड़कियों को इसका पता नहीं होता था फिर भी लड़के उसको अपनी समझते थे और मन ही मन उनके साथ घर बसाने के सपने भी देखते रहते थे। और लड़के के दोस्त उस लड़की को भाभी की तरह देखते और भाभी ही बुलाते थे। और उसकी बहुत इज्जत करते। यह एक अघोषित नियम था जिसका सभी पालन करते थे। शाम को मोहल्ले के बच्चे जब खेलने के लिए जमा होते तो कुछ बच्चे खेल में भाग न लेकर इन्हीं सब बातों में उलझे रहते थे। पंकज तब तक सोलह साल का हो चुका था परन्तु वह इन सब बातों में नहीं पड़ता और अपना सारा ध्यान पढ़ाई और खेलने में लगाता और उससे भी समय बचता तो अपने दोस्तों के साथ मस्ती में बिताता।

जीवन आसानी से चल रहा था धीरे-धीरे दादाजी की याद कुछ धुँधली होने लगी थी। पंकज अपने सभी दिक्कतों को खुद से सुलझाता चाहे लड़ाई का हो, पढ़ाई का हो या खेल का हो या और कोई।

मोहल्ले के बीचो बीच मे एक मैदान था जिसके एक तरफ पंकज का क्वार्टर था और दूसरी तरफ चार क्वार्टर का एक बिल्डिंग था जिसका एक बहुत दिनों से क्वार्टर खाली था। काफी

समय के बाद उसमें रहने के लिए दूसरे शहर से एक परिवार आया था। परिवार काफी सभ्य था उनका रहन-सहन पहनावा भी दूसरे लोगों से कुछ अलग था जिसे बोलचाल की भाषा में कहते हैं माडर्न। इसिलिए यह परिवार सबके कौतहुल का विषय था। परिवार के मुखिया एक क्लास टू ऑफिसर थे और उनका स्थानान्तरण पिछले सप्ताह ही यहाँ हुआ था। परिवार में कुल पाँच सदस्य थे माता पिता और उनकी तीन बेटियाँ। अपेक्षाकृत बड़े शहर से आने के कारण उनका रहन सहन और पहनावा मार्डन था। मोहल्ले की आंटियाँ उनके बारे में तरह तरह की बातें बनाती थी और मोहल्ले के लड़को को उनसे बच कर रहने की हिदायत देती थी। जिस दिन वे लोग रहने आई। उसके अगले दिन ही मोहल्ले के तीन भैय्या लोगों ने आपस में तीनो बहनो को मन ही मन अपना मान लिया था तथा इसकी घोषणा भी कर दी थी कि बड़ी वाली सुबोध की मंझली पारस की और छोटी दीपक की। मोहल्ले के छोटे लड़कों को पारस ने हड़का दिया था कि इनलोगों के तरफ आँख उठाकर भी ना देखें। छोटे लड़को ने भी ऐसा ही किया। पंकज पहले भी इन सब बातों में ऐसा ही करता था और वह मोहल्ले की किसी भी लड़की को आँख उठाकर नहीं देखता था।

परन्तू लड़कपन स्वभाव को विरोधी बना देती है जिस चीज के लिए मना किया जाता है उसको करने की इच्छा उसको जरूर होती है। अगर पारस उनको न देखने की धमकी नहीं देता तो पंकज उनको कभी गौर से नहीं देखता। धमकी पारस ने दिया था इसलिए उसने मंझली को मेरी वाली बोलने का निर्णय लिया और अपने दोस्तों को भी इससे अवगत करवाया। परन्तू शुरूआत में तीनों एक सी लगती थी। इस कारण जब भी वह तीनों बहनें मैदान से गुजरती थी तो पंकज उनको गौर से देखकर अपनी वाली को पहचानने की कोशिश करता था इसको सामान्य भाषा में घूरना बोलते है। उन बहनों को पंकज का घूरना शायद अच्छा नही लगता था और वे लोग जब भी मैदान से गुजरती तो अपनी चाल तेज कर देती थी। पारस आते जाते उनलोगों पर फब्तियाँ कसता थाो। शुरू में तो वो हास्यप्रद होती थी परन्तू धीरे-धीरे अश्लील होती गई। पंकज को बुरा लगता था परन्तू पारस उम्र में

बड़ा था और उसके दोस्त भी बड़े–बड़े थे इसलिए वह चुप रहने में ही भलाई समझता था। शुरूआत में पंकज को तीनो बहनें एक जैसी लगती थी क्योंकि तीनों में उम्र का फर्क एक–दो साल का ही था और तीनों दिखती भी एक जैसी थी। परन्तू बड़े लड़को को स्पष्ट पता था कि कौन किसकी वाली है। पंकज इसी अधेड़बुन में रहता था उसको इतना कनफ्यूजन क्यों हैं।

एक दिन पंकज ने हिम्मत करके सुबोध से पूछा कि भैय्या आपलोग इन तीनों बहनों में फर्क कैसे करते हैं। पहले तो पारस ने झिड़क दिया परन्तू सुबोध ने प्यार से समझाया जो दसवीं पास है और सवेरे आठ बजे ट्यूशन पढ़ने जाती है वह बड़ी वाली है। जो सुबह सात बजे मैदान से गुजरती है कोचिंग जाने के लिए वह मंझली है तथा जो दस बजे हमलोग के पुराने स्कूल के लाल ड्रेस में मैदान से गुजरती है वह छोटी वाली है। पंकज उस दिन के बाद से इस बात को नोटिस करने लगा कि कौन कौन है। थोड़े ही समय में वह तीनों बहनों में अन्तर समझने लगा परन्तू वह उनका नाम नहीं जानता था। अब उनको यहाँ आए छः महीने हो गए थे जिस कारण मोहल्ले के कुछ घरों में उनलोगों का आना जाना शुरू हो गया था उसी में एक घर सिंकी का था। बड़ी बहन पंकज के दोस्त लक्की की बड़ी बहन की दोस्त थी इस कारण उसके घर पर उसका आना जाना होता था। लक्की पंकज का बचपन का दोस्त था और उसका घर मोहल्ला के शुरूआत में था जिसके बाद मुख्य सड़क शुरू होती थी। समय बीतता गया मोहल्ले के लड़के उनके आकर्षण में पड़ गए थे। पंकज को मंझली बहन अच्छी लगती थी परन्तू पारस के डर से वह मोहल्ला में उसको कुछ नहीं करता और जब वह कोचिंग जाने को निकलती तो लक्की के क्वार्टर के पास से उसके पीछे हो जाता था और उसको उसके पीछे–पीछे उसको कोचिंग तक छोड़कर चुपचाप घर आ जाता था। यह प्रक्रिया कई महीनों तक चली। यह बात किसी तरह एक दिन पारस को मालूम हो गई उसने पंकज को हड़काया कि "भाभी का पीछा करते हो तुमको शर्म नहीं आती है।"

पंकज ने जवाब दिया "आप भी तो गंदा कमेन्टस करते हो आपको शर्म नहीं आती है।"

इस पर पारस ने गुस्से में पंकज को एक तमाचा रसीद कर दिया पंकज तभी असावधान था इसिलिए देख नहीं पाया। उसको इस बात की अपेक्षा भी नहीं थी कि पारस इतनी जल्दी हाथ छोड़ेगा। परन्तु जैसे ही पारस ने दूसरा तमाचा लगाने के लिए हाथ उठाया पंकज ने उसका हाथ पकड़ लिया और हड़काया "तमीज में रहिए भैय्या नहीं तो यहीं कमीज उतार देंगें।"

उपस्थित सभी लोगों ने उन दोनों को पकड़ लिया जिससे बात आगे नहीं बढ़ी। पंकज ने उसी दिन बाजार से एक छोटा चाकू खरीदा और उसको अपने पास रखने लगा। चाकू के कारण पंकज को हिम्मत आ गई थी।

उस घटना के बाद से पंकज निडर होकर मंझली बहन का पीछा कोचिंग तक और स्कूल के समय में स्कूल तक करने लगा। उसे अब इस बात का कोई भय नहीं था कि पारस जान जाएगा। एक दिन पीछा करने के दौरान पंकज को उसका रूमाल सड़क पर गिरा हुआ मिला जो कि उसके हाथ से गिर गया था या उसने जानबूझकर गिराया था। लाल और पीले रंग का रूमाल था जिसमें किनारे पर माधुरी लिखा हुआ था। पंकज को उसका नाम पता चल चुका था पंकज उसके रूमाल पर किए गए कलाकारी का कायल हो गया। माधुरी लम्बे कद की थी रंग गोरा था और नैन नक्श भी बहुत सुन्दर थे। देखने में वह तराशी गई मूर्ती लगती थी कोई भी उसको देखता तो देखता ही रह जाता था। उसकी सुन्दरता की चर्चा पूरे शहर में थी और उसको देखने के लिए दूसरे मोहल्ले के भी लड़के आने लगे थे जिस कारण मोहल्ले के मैदान में खिलाड़ियों की संख्या दिन प्रतिदिन बढ़ रही थी। खिलाड़ी तो खिलाड़ी दर्शकों की भी संख्या बढ़ रही थी। शाम को मैदान के बीचो बीच जब माधुरी गुजरती तो लड़के आहें भर कर रह जाते थे। पारस तब भी अपने हरकत से बाज नहीं आ रहा था और फब्तियाँ कसता रहता था। एक दिन जब बात पंकज के बर्दाश्त से बाहर हो गई तो वह विकेट उखाड़कर पारस की तरफ दौड़ा उसे ऐसा करते हुए माधुरी ने देखा परन्तु वह अपने चाल से चलते हुए मैदान पार करके अपने घर पहुँच गई।

सुबोध ने बीच में पंकज को रोका और बोला "सीनीयर को मारोगें।"

पंकज बोला "हाँ मारेंगें अगर यह उस पर कमेन्ट करेगा तो मारेंगें।"

सुबोध बोला "कौन है वह तुम्हारी।"

पंकज बोला "कुछ भी हो पर यह कमेन्ट नहीं करेंगें।"

पंकज का रौद्र रूप देखकर पारस ने वहाँ से खिसकने में ही भलाई समझी परन्तू मोहल्ले के अन्य बड़े लड़को को यह अच्छा नहीं लगा और वह मन ही मन इसका बदला लेने का योजना बनाने लगे।

वैसे भी बड़े लड़को का डर ही होता है जो छोटों को उनकी बात मानने पर मजबूर करता है और आज पंकज का वह डर निकल गया था।

माधुरी के घर के बालकोनी में एक पुराना कैरमबोर्ड रखा रहता था अगले दिन सुबह वह गायब हो गया था। उसके चोरी की चर्चा सब जगह हो रही थी। मोहल्ले में चोरी की यह पहली घटना थी। इसिलिए सभी लोग इसे गंभीरता से ले रहे थे। पारस ने माधुरी के पिता के एक घरेलू स्टाफ को समझा दिया कि कैसे कल रात पंकज को दो लड़कों के साथ माधुरी के घर के चार दिवारी के अन्दर देखा गया था। माधुरी के पिताजी शाम में खेलते वक्त मैदान में पंकज के पास पहुँचे और उसको देखकर गुस्से में बोले "क्या रे चोर कैरम क्यों चुराया।"

पंकज हतप्रभ रह गया उसे इस बात का बिल्कुल अंदाजा नहीं था इसिलिए उसकी आवाज लड़खड़ाने लगी और बोला "अंकल हम कुछ नहीं किए हम कुछ नहीं किए है।"

वो बोले "इस मोहल्ला में जितना भी गलत काम होता है सब तुम्हीं करवाता है। बाहर के मोहल्ला से आवारा लड़का लोग को बुलाकर मोहल्ला वालों का जीना हराम कर दिया है तुम नहीं चुराया होगा तो तुम्हारा इ चोर दोस्त लोग चुराया होगा।"

तभी माधुरी के पिताजी के साथ आए दो लोग जो उनको जीजाजी बोल रहा था। उनमें से एक ने पंकज का हाथ पकड़ने की कोशिश की। पहले तो पंकज ने झटक दिया परन्तु उसे जब एहसास हुआ सबलोग देख रहे हैं और शायद माधुरी भी घर के अन्दर से देख रही होगी उसने अपना हाथ ढ़ीला छोड़ दिया। अब वह आदमी पंकज का हाथ पकड़कर माधुरी के घर के बाहर के चारदीवारी तक ले आए। माधुरी के पिताजी ने माधुरी को आवाज लगाई वो बाहर आई।

उसके पिताजी ने पूछा "क्या ये लड़का तुमको तंग करता है जल्दी बोलो इसको अरेस्ट करवाते हैं।"

वह कुछ देर चुप रही परन्तु थोड़ी देर बाद पिता द्वारा कड़ाई से दुबारा पूछने पर उसने सर ना में हिलाया। उसके ना बोलने के बाद पिताजी का चेहरा उतर गया जैसे उनको इसकी अपेक्षा ना हो।

फिर गुस्से में पिताजी ने कहा "तुम अन्दर जाओ।"

पंकज का हाथ पकड़े आदमी ने बोला "इसका क्या करना है जीजा जी"

माधुरी के पिताजी कुछ नहीं बोले और घर के अन्दर गुस्से में चले गये।

अब पंकज को हिम्मत मिल गया था माधुरी के सर ना हिलाने को उसने अपने लिए प्यार समझा और अब जल्दी से इन लोगों से हाथ छुड़ाना चाह रहा था परन्तु जैसे ही हाथ छुड़ाने की कोशिश की पकड़ और मजबूत होते गई। पंकज के इस प्रयास से तंग आकर उस आदमी ने पंकज का हाथ जोर से मरोड़ा बदले में पंकज ने भी उसको दो मुक्के लगा दिए इतने में यह सब देख रहे सुबोध से रहा नहीं गया कि बाहर का आदमी मोहल्लेवाले लड़के को पीट रहा है। वह दौड़कर वहाँ पहुँचा और उसने उस आदमी की गर्दन पीछे से पकड़ ली और इस बीच पंकज ने उसके पेट में दनादन घूँसे लगा दिए।

तबतक छत पर खड़ी माधुरी की दोनों बहनें चिल्लाने लगी "मामा को मार रहा है।"

यह सुनकर पंकज और सुबोध उस आदमी को छोड़कर वहाँ से भाग खड़े हुए।

सुबोध पूरी घटना जानता था कि किसने यह पूरा प्रपंच रचा था उसको अपने दोस्तों से घृणा हो गई। इसलिए उस दिन के बाद से अपने साथियों से बात चीत बन्दकर दिया और पंकज के साथ ही मैदान में खेलने लगा। सुबोध इंजिनियरिंग की तैयारी कर रहा था और दो वर्षों तक शहर से बाहर तैयारी करने के बाद वापस लौटा था। इसलिए उसको पहनने, रहन–सहन इत्यादि की समझ आ गई थी। उन्होंने पंकज को समझाया कि लड़की के चक्कर में मत पड़ो, पढ़ाई लिखाई करो नहीं तो हमलोग जैसा हाल हो जाएगा। अभी तो ठीक है दो टाईम का खाना लोग प्यार से खिला रहा है परन्तू एक बार इन्टर पास कर जाओंगें तो घरवाला लोग से चुभता हुआ बात सुनने को मिलेगा।"

पंकज बोला "भैय्या वह लड़की बहुत अच्छी है उस दिन देखे कैसे अपने पिताजी के सामने हिम्मत दिखाई। ऐसा अनजान के लिए कोई करता है। हम उसको जैसे ही देखतें है भैय्या, दिल जोर–जोर से धड़कने लगता है। आस–पास का हर चींज अच्छा लगने लगता है। धूल, मिट्टी, पेड़ पौधा आसमान सब कुछ ज्यादा रंगीन लगने लगता है। यहाँ तक की पिटाई भी अच्छा लग रहा है। लगता है जैसे वह मेरे लिए ही बनी है। अपनापन लगता है उसको देखकर। वह भी मुझे पसन्द करती है।"

सुबोध बोले "तुम पागल हो गया है पर यह तुम कैसे जाने कि वह भी तुमको पसन्द करती है।"

पंकज बोला "ऐसे ही लगता है।"

सुबोध बोले "लगता है से कुछ नहीं होता है यही करते हुए दिन गुजर जाएगा और यहीं एक दिन उसका शादी हो जाएगा। उसको पाने के लिए तुमको कुछ बनना पड़ेगा, अपने पैर पर खड़ा होना पड़ेगा और सबसे जरूरी उससे भी पता करना होगा कि वह तुम्हारे बारे में क्या सोचती होगी। नहीं तो यह सर्वसत्य है मोहल्ले के लड़को का प्यार डाक्टर इंजिनियर ले उड़ते हैं।"

पंकज बोला '' इतना कुछ करना पड़ेगा, पर हम तो उसको बहुत प्यार करते हैं।''

सुबोध बोले ''जैसा प्यार तुम करता है उसको वैसा प्यार सत्तर और लड़का करता है। नजर उठा कर देखो सब उसी के प्यार में पड़ा है। तुम जो करते हो उसको एकतरफा प्यार कहते हैं इसका कोई भविष्य नहीं है। हाँ! अपना हुलिया भी थोड़ा सुधारो जब देखो तब घूल मिट्टी लगा रहता है हाथ पैर में, और जब कोचिंग के लिए उसका पीछा करता है तो ब्रश क्यों करते रहता हैं दाँत में।''

पंकज बोला ''एक साथ दो काम हो जाता है ब्रश का ब्रश और उसको देख भी लेते है।''

सुबोध बोले ''अब जल्दी से अच्छा कपड़ा सिलवाओं और जब भी उसके सामने जाओ एकदम टीप टाप रहो। और मौका देख कर उससे पूछो कि वह तुमको पसन्द करती है कि नहीं अगर मना कर दे तो उसको छोड़ देना नस वस मत काट लेना।''

पंकज बात काट कर बोला ''पसन्द नहीं चाहिए, प्यार करती है कि नहीं।''

सुबोध बोले '' प्यार करने के लिए पसन्द करना जरूरी है। तुम उसको पसन्द करता है कि नहीं।''

पंकज बोला ''हाँ''

सुबोध बोले '' क्यों पसंद करता है।''

पंकज बोला '' उसके जैसी खूबसूरत इस मोहल्ला तो क्या शहर में भी नहीं, उपर से दिल की भी अच्छी है पापा के डर से झूठ बोल सकती थी लेकिन नहीं बोली।''

सुबोध बोले ''अब तुम बताओ वह तुमको क्यों पसंद करे।''

पंकज सोच में पड़ गया और बिना एक शब्द बोले वहाँ से चला गया परन्तू रात भर सोचता रहा बात तो सही है वह

मुझको क्यों पसंद करे। मोहल्ले के सभी लड़के तो मेरे जैसे दिखते हैं फिर वह मुझे क्यों पसंद करें। फिर सोचा मै उसको कमेन्ट नहीं करता हुँ परन्तू ऐसा तो बहुत लोग करते हैं। पंकज को कपड़ो का शौक नहीं था परन्तु उस दिन सुबोध भैय्या के कहने के बाद उसने अपने बचाए हुए पैसों से बहुत से नए कपड़े सिलवाए और अब उसको पहनकर माधुरी का पीछा करने लगा। फर्क तो पड़ा था अब माधुरी भी उसको नोटिस करती थी। कभी–कभार उसको माधुरी से मुस्कान मिल जाती थी जिसको देखने के बाद उसका पूरा दिन अच्छा जाता था। माँ–पिताजी की डाँट भी मीठी बोली जैसा लगती थी। समय बीतता गया परन्तु पंकज को अभी तक पता नहीं चला कि वह उसको पंसन्द करती है कि नहीं। उसकी हिम्मत ही नहीं हुई कि उससे दो शब्द बात कर सके। बड़े से बड़े लड़के को वह चाकू दिखाकर बात मनवा लेता था। परन्तू माधुरी को देखते ही उसकी धिग्गी बँध जाती थी। दोस्तो से पूछता तो उनके अनुसार वह उसके प्यार में पागल हुई पड़ी है। परन्तु सुबोध भैय्या के अनुसार वह उसको कोई खास पसन्द नहीं करती है। लाँग टर्म के लिए पंकज ने निश्चय किया कि उसको इंजिनियर बनना हैं। पर शार्ट टर्म में प्यार पाने के लिए उसके पास कोई तरीका नहीं था इंजिनियर बनते–बनते कहीं इसकी शादी हो गई या कोई और प्यार का इजहार कर दिया तो पंकज का क्या होगा। इसी अधेड़बुन में उसके दिमाग ने काम करना बंद कर दिया।

अब पंकज ने ठाना कि कुछ ऐसा करेगा जिससे माधुरी को उसको नोटिस करना पड़ेगा। पन्द्रह अगस्त को उसने एक फिल्म देखी जिसमें हीरो पानी टंकी पर चढ़ कर अपनी नायिका को शादी के लिए मनाता है। यह सिन उसके दिमाग में छप गया और निश्चय किया वह भी कुछ ऐसा करेगा।

कभी कभी शाम को माधुरी सिंकी के अहाते में खेलती थी। वहाँ एक उँचा पेड़ था जो कि तकरीबन 50 मीटर उँचा होगा। पंकज ने सोचा अगर वह उस पेंड़ के उपर से माधुरी को बोलेगा कि वह उससे प्यार करता है तो कुछ अलग होगा और डर से वह मना भी नहीं कर पाएगी।

उस रात पंकज मन ही मन अपने प्लान को अंजाम देने के लिए सोचता रहा। अगले दिन भी वह उस पेड़ के पास गया लेकिन जब उसने करीब से देखा तो पाया कि पेड़ कि टहनियाँ और शाखाएँ कमजोर है तना थोड़ा मजबूत है। उस पेड़ का नाम तो उसे नहीं मालूम था पर उसमें पीले फूल लगते थे और ब्रिटिश इण्डिया के समय से ही सरकारी कार्यालयों और आवासो में पाए जाते थे।

पंकज ने किसी तरह हिम्मत जुटाई और अगले दिन पेड़ पर चढ़ने का निश्चय कर पेड़ के पास पहुँच गया। वह ऐसा करने जा रहा है। इस बात की चर्चा उसने किसी से ना कि। उसको पता था उसके दोस्त बोलते इसकी क्या जरूरत है। लड़की ऐसे ही तुम्हारे प्यार मे पागल है और सुबोध भैय्या भी मना कर देते कि यह सब मत करो।

अगले दिन शाम के चार बजे पंकज तैयार हो कर पेड़ के नीचे खड़ा था। वह नया पैन्ट और शर्ट पहना था जो इसी प्रयोजन के लिए सिलवाया था। पेड़ के नीचे चप्पल उतारकर वह धीरे–धीरे पेंड़ पर चढ़ने लगा पहले तो किसी ने इसे नोटिस नहीं किया परन्तु जब वह तीस मीटर की ऊँचाई पर पहुँच गया तब अहाते में खेल रही लड़कियों का ध्यान गया और वह उसको देखकर चिल्लाने लगी ''उतरो–उतरो''

उसका ध्यान माधुरी पर था जो अबतक चुपचाप खड़ी थी। थोड़ी देर बाद उसकी चालीस मीटर की चढ़ाई हो चुकी थी अब पेड़ का तना धीरे–धीरे पतला हो रहा था और उपर डालियाँ कमजोर थी। तब तक पेड़ पर बैठे सभी पक्षी कंपन से उड़ चुके थे। तभी कोई चिल्लाया कि इसके माँ को बुलाओ ऐसे नहीं उतरेगा यह।

माँ की बात सुनकर पंकज पेड़ पर और तेजी से चढ़ने लगा जिससे उसका संतुलन बिगड़ने लगा और अन्ततः पेड़ की वह डाली टूट गई जिसको वह पकड़े हुआ था। गिरते हुए वह चिल्ला रहा था।

''माधुरी आई०लव०यू०, डू०यू०लव०मी०''

पर गिरने के कारण और उसी समय और लोगों के चिल्लाने के कारण उसकी आवाज अस्पष्ट थी। शाखाओं से टकराते हुए पंकज नीचे गिर रहा था। एक शाखा से दूसरे शाखा टकराते हुए पंकज के गिरने की गति कम होती पर दूसरे ही पल गुरूत्वाकर्षण अपना काम करने लगता। देखने वालो को लग रहा था कि इतनी उँचाई से गिरने के बाद इसके बचने का कोई चाँस नहीं होगा।

पंकज पेड़ से गिर रहा था और सभी खेलने वाले बच्चे उसे गिरता देखकर भय से चिल्ला रहें थें। उसकी नई कमीज पेड़ के टूटे शाखाओं जिसे ठूँठ कहा जाता है से बार–बार फँस रही थी और फट जा रही थी जिस कारण उसके गिरने की गति थोड़े समय के लिए कम हो रही थी परन्तु अगले ही पल गिरने की गति स्वतः तेज हो जा रही थी। इस प्रक्रिया में कमीज तीन जगह फट चुकी थी। जमीन से सात फीट की उँचाई पर एक ठूँठ था जिसमें पंकज की पैंट फँस गयी और पैंट कमर के पास से फटती हुई तलवे तक आ गई और अन्ततः वह दो फीट की उँचाई से धीरे से वह नीचे गिरा। गिरते ही चोट तो ज्यादा नहीं आई लेकिन जहाँ जहाँ शरीर में शाखाओं की रगड़ से चोट लगी थी वहाँ दर्द एवं जलन हो रही थी। कमीज और पैंट कई जगहों से फट चुका था। एक–आध जगह से खून भी निकल रहा था। वह सदमे में भी था। पंकज जमीन पर पड़ा हुआ था और उसने आँखे डर के मारे बंद कर ली थी। सभी उसको चारों ओर से घेर कर खड़े थे उसने कनखियों से लेटे हुए भीड़ का मुआयना किया और भीड़ में माधुरी को नहीं देखकर उसे निराशा हुई। और धीरे से अपने फटे कपड़ो को समेटते हुए उठ खड़ा हुआ। कौतुहलवश सभी उसको देख रहे थे। पंकज उठा और पहले भीड़ को फिर अपने आप को देखकर बोला "साला सारा कपड़ा फट गया।"

फिर अपना चप्पल ढूँढ़ने लगा जो उसको घेरे भीड़ के बीच में कहीं था वह ऐसा व्यवहार कर रहा था जैसे कुछ हुआ ही नहीं। इसबीच किसी ने उसका चप्पल उसको दिया जिसे पहनकर वह अपने घर के तरफ चल दिया सभी लोग उसको देख रहे थे कि थोड़ी देर पहले जो लड़का लगभग मरने जा रहा था वह उठ कर घर के तरफ जा रहा है। पंकज को अपने

शारीरिक चोट की चिंता नहीं थी उसे लग रहा था कि वह जिसके लिए इतनी उँचाई से गिरा उस माधुरी ने नोटिस भी नहीं किया। अब उसको अपने आप पर गुस्सा आ रहा था, पचतावा और आत्मग्लानी भी हो रही थी।

यह सोचते हुए वह घर पहुँचा। घर पहुँते ही वह पिछले दरवाजे से घर में दाखिल हुआ और चुपचाप फटे कपड़ों को ठिकाने लगाया। उस दिन के बाद से पंकज घर से बहुत कम निकलने लगा उसे अपने आप पर शर्म आ रही थी कि कैसी बचकानी हरकत कर रहा था और इसमें यदि उसकी जान चली जाती तो उसकी माँ, दादी का क्या होता वो तो रो–रो कर जान ही दे देती। यही सब सोचकर उसने निश्चय किया कि वह अब माधुरी की तरफ देखेगा भी नहीं और ना ही किसी से उसके बारे में बात करेगा।

सच्चा प्यार

समय बीतता गया पंकज अपने निश्चय के अनुसार माधुरी का नाम लेना छोड़ दिया। पंकज ने पेड़ से गिरनेवाली घटना का जिक्र घर में किसी से नहीं किया। शरीर के दर्द तीन–चार दिनों में ठीक हो गए थे पर मानसिक रूप से वह विचलित था। वह अपनी एकलौती जिन्दगी को खतरे में कैसे डाल सकता है। समय बीतता गया और पंकज उस घटना को भूलने लगा और माधुरी के नाम से भी चिढ़ने लगा।

एक दिन वह पास की दुकान पर घर के किसी काम से गया था उसी समय सिंकी भी वहाँ पहुँच गई थी जो कि दुकान से कुछ खरीद रही थी उसके साथ उसका छोटा भाई भी था। पहले तो सिंकीं को देखकर पंकज ग्राहकों के भीड़ में छिपनें का प्रयास किया परन्तू सिंकीं की नजर उस पर पड़ ही गई।

सिंकी पंकज को देख कर मुस्कुराई और बोली ''कैसे हो अब।''

पहले तो पंकज दूसरे तरफ देखने लगा फिर सिंकी के दुबारा पूछने पर अनमने ढंग से बोला ''मैं ठीक हुँ।''

सिंकी ''आजकल तुम दिखाई नहीं दे रहे हो कहीं।''

पंकज ''कुछ नहीं बस पढ़ाई में लगा हुँ।

सिंकी ''चोट कैसा है।''

पंकज खीजकर बोला ''सब ठीक है उस दिन का बात मत करो।''

पंकज आत्मग्लानि से पुरा लाल हुआ जा रहा था। तभी दूकानदार ने आवाज दी ''सिंकी तुम्हारा सामान।''

सिंकी ने अपना सामान एक हाथ में पकड़ा और दूसरे हाथ से अपने भाई को पकड़कर निकल गई। उसका भाई जो लाँली पाँप के लालच में उसके साथ आया था को चूसते हुए उसके साथ हो लिया।

जाते हुए सिंकी के भाई ने पंकज को मुँह चिढ़ाकर बोला ''पंकज भैय्या कैसा गिरे थे उस दिन पेड़ से हा हा हा माधुरी दीदी देखकर बेहोश हो गई थी।''

उसी समय पंकज को दुकानदार सामान लेने के लिए बोल ही रहा था। पंकज उसकी ओर ध्यान नहीं दिया और सामान छोड़कर सिंकी की तरफ भागा जो तबतक तकरीबन दस पन्द्रह कदम जा चुकी थी। पंकज दौड़कर उसके पास पहुँचा और बोला ''माधुरी कौन है और वह क्यों बेहोश हो गई थी।

सिंकी बोली ''तुमको गिरते देखकर सबको लगा कि अब तुम नहीं बचोगे।''

पंकज बोला ''बाँकि तो नहीं हुए और तुम तो नहीं बेहोश हुई।''

सिंकी ''तुमको बचपन से जानते है तुम हमेशा गिरता पड़ता ही रहता है परन्तु उस दिन पेड़ पर चढ़ा क्यों था और चढ़कर चिल्ला क्या रहा था।''

पंकज ''वो छोड़ो फिर क्या हुआ।''

सिंकी ''क्या क्या हुआ।''

पंकज ''माधुरी को क्या हुआ।''

सिंकी ''हमको क्या पता वह तुमको गिरते देखी उसको चक्कर आ गया सर पकड़कर मेरे घर के अन्दर गई वहाँ बेड पर धड़ाम से गिर गई।''

यह बोलकर सिंकी आगे बढ़ गई पंकज उसके पीछे नहीं गया वह वापस किराने के दुकान पर गया अपना सामान उठाया और सीधा माधुरी के घर के नीचे पहुँच गया।

एक छोटे से मैदान के एक कोने में पंकज का घर था दूसरे कोने पर माधुरी का घर था। माधुरी का घर चार क्वार्टर वाला घर था जिसमें एक क्वार्टर उसका था। घर के सामने से कच्ची सड़क मुख्य सड़क तक जाती थी। जो एक तरफ अस्पताल और दूसरी तरफ थाना को जोड़ती थी।

माधुरी का घर प्रथम तल पर था जिसकी बालकनी सड़क की तरफ खुलती थी। वह सुबह–शाम उसमें झाड़ू लगाने आती थी। पंकज यह सोचकर कि वह झाड़ू लगाने जरूर आएगी वहीं रूक गया और उसका इंतजार करने लगा। माधुरी झाड़ू लगाने के लिए थोड़ी देर में बालकनी में आई पंकज उसको एक टक देखता रहा। झाड़ू लगाते हुए भी उसकी अप्रतिम सुन्दरता साफ झलक रही थी। वह अपने काम को पूरे तन्मयता के साथ कर रही थी उसका किसी दूसरे चींज में ध्यान नहीं था। सहसा इसी क्रम में उसकी नजर पंकज पर पड़ी और उसके चेहरे पर पहले आश्चर्य के भाव आए फिर मुस्कान आई। उसकी मुस्कान को देख कर पंकज के हृदय में फिर वही राग जग गया जैसे पूरा मौसम बदल गया हो सब कुछ एक दम अच्छा–अच्छा लगने लगा हो चारों तरफ संगीत बज रहा हो। इस क्रम को तोड़ा लक्की ने जो वहाँ से गुजर रहा था।

लक्की पंकज से बोला "क्या कर रहा।"

फिर माधुरी को बालकनी में देखकर स्वयं ही चुप हो गया। उसने भाँप लिया था कि माधुरी पंकज को देख कर मुस्कुरा रही है। माधुरी इस बीच झाड़ू लगाकर वापस जा चुकी थी। पंकज इंतजार में खड़ा रहा कि वह दुबारा वापस आएगी। पिछले अनुभव के आधार पर पंकज जानता था कि एक बार झाड़ू लगाकर वापस जाने के बाद माधुरी बालकनी में वापस नहीं आती है। उसके जाने के बाद बालकनी में टँगे सूखे कपड़ो को उठाने की जिम्मेवारी उसके बड़ी बहन की रहती थी। परन्तू उसका दिल कह रहा था कि आज वह जरूर वापस आएगी। इसलिए उसने वहीं रूककर माधुरी का इंतजार करने का निश्चय किया। उसके पेड़ से गिरने पर माधुरी बेहोश हो गई यह सुनने के बाद से माधुरी के प्रति उसका प्यार बढ़ गया था। लक्की पंकज को वहाँ

से चलने के लिए बोल रहा था। पंकज के हाथ में किराना का सामान अब भी था। तब तक थोड़ा अंधेरा घिर गया था। लक्की बोला ''अगर तुमको यहाँ रूकने का जिद है तो ऐसे रौशनी में मत खड़ा रहो अंधेरा में खड़ा रहो, जिससे पता नहीं चले कोई है। कहीं उसका बाप तुमको देख लिया नीचे तो बेवजह बवाल हो जाएगा।''

माधुरी के घर के सामने एक लैम्प पोस्ट था और उसकी रौशनी सड़क के इस पार से उस पार तक जाती थी और रौशनी में खड़ा व्यक्ति आसानी से पहचान में आ जाता था। लक्की के ऐसा कहने के पीछे मंशा थी कोई यह नहीं पहचाने कि माधुरी के घर के नीचे कौन दो लड़के खड़े हैं। पंकज का तो पता नहीं पर उसे मोहल्ला में सभी अच्छा लड़का समझते हैं।

लक्की बोला ''तुम इतना दिन घर से नहीं निकल रहा था मोहल्ला में बड़ा–बड़ा काण्ड हो रहा था। पारस भैय्या अपने मोटर साईकिल वाले दोस्तों को मोहल्ले में बुलाते हैं जो माधुरी के बड़ी बहन का पीछा करते हैं और गन्दे कामेन्टस करते हैं।''

पंकज बोला ''सुबोध भैय्या नहीं रोकते हैं।''

लक्की ''नहीं वह कहीं बाहर गए हुए हैं।''

पंकज ''इन लोग का मुसटण्डा मामा जो उस दिन हमसे लड़ रहा था वह कुछ नहीं करता है।''

लक्की ''एक दिन आया था मोटर साईकिल वाले लड़को से बात किया और उसके बाद फिर दुबारा नहीं आया लेकिन मोटर साईकिल वालों का मोहल्ला में आना नहीं रूका और अब तो वो लोग दूसरी लड़कियों पर भी कामेन्टस करने लगा है।''

पंकज ''इतना मन कैसे बढ़ गया इनलोग का''

लक्की ''कोई रोकनेवाला नहीं था इसलिए हिम्मत बढ़ गया है।''

लक्की की भी तीन बहनें थी उसके चेहरे से लाचारी साफ झलक रही थी। तभी माधुरी सूखे कपड़े उठाने बालकनी में चली आई। पंकज ने झटपट अपना किराना का सामान पार्क के

बेंच के नीचे रखा और सड़क पर लैम्प पोस्ट के उजाले में आकर खड़ा हो गया। लक्की वहीं बेंच के पास खड़ा रहा। पंकज एक टक माधुरी को देखता रहा। शायद माधुरी को भी इसी चीज का इंतजार था पर वह पंकज को सीधे ना देखकर नजरें छिपाकर देख रही थी। इस बीच साईकिल से एक लड़का गुजर रहा था जो कि माधुरी के बालकनी की तरफ देखकर साईकिल चला रहा था और सामने खड़े पंकज को नहीं देख रहा था और गाना भी गा रहा था ''मैं तो रस्ते से जा रहा था, भेलपूरी खा रहा था।'' जबतक उसकी नजर पंकज पर गई तब तक देर हो चुकी थी। साईकिल के हैण्डल से पंकज के पीठ पर चोट लग चुकी थी परन्तू पंकज अभी भी माधुरी को देख रहा था। इस टक्कर के बाद साईकिल वाला जमीन पर गिर गया और उसके पैर से खून भी निकल रहा था। वह चिल्ला रहा था सड़क पर देखकर खड़ा नहीं हो सकते हो। लक्की अंधेरे से ही साइकिल वाले को बोल रहा था अंधा रास्ते पर खड़ा आदमी दिखाई नहीं दे रहा है। यह सुनकर माधुरी अंदर चली गई। तब पंकज को टक्कर और उस साईकिल वाले के गिरने का एहसास हुआ। उसको लगा इसी के कारण माधुरी अंदर चली गई। पंकज झपटकर उसके पास पहुँचा पाकेट से चाकू निकाला और उसका कॉलर पकड़ लिया। लक्की बीच बचाव कर रहा था। इतने में दो मोटर साईकिल वहाँ आकर रूक गई। उस मोटर साईकिल के तुरन्त बाद उसके पीछे पुलिस की गश्ती जीप वहाँ पहुँची जिसमें से लाठी लिए तीन−चार सिपाही बाहर निकले। तब तक बालकनी में माधुरी के पिताजी आ चुके थे। यह सब इतनी जल्दी−जल्दी हुआ कि पंकज को कुछ समझने का मौका नहीं मिला। वह अभी भी झुककर उस साइकिल से गिरे हुए लड़के का कॉलर पकड़ा हुआ था और उसके एक हाथ में चाकू था। बालकनी से माधुरी के पिताजी चिल्लाए ''यही लोग है बदमाश सब जो जीना हराम कर दिया है। पकड़िए इन सब को।''

इस आवाज को सुनकर पंकज साइकिलवाले का कालर छोड़कर खड़ा हो गया और आवाज की ओर देखने लगा। उसने देखा बालकनी में अब माधुरी के पिताजी थे और सड़क पर एक पुलिस जीप खड़ी है जिसमें से चार सिपाही निकलकर बाहर खड़े

है। जीप से दो कदम आगे ही दो बाईक खड़ी है जिसपर चार लड़के बैठे थे और तेजी से बाइक में किक लगा रहे थे परन्तु पुलिस तो उनको देख भी नहीं रही थी। उल्टा उनको छोड़कर सिपाही लोग लक्की और पंकज की तरफ बढ़ने लगे। पंकज तबतक उस साइकिल वाले के पास से दस कदम आगे खड़े लक्की के पास पहुँच गया था पुलिस जब साइकिल वाले के पास पहुँची तो उसके कुछ बोलने से पहले उसको दो चार डण्डे जड़ दिये। तब तक बाइक वाले गाड़ी स्टार्ट करके दूसरी दिशा में निकल गए थे। पुलिस ने उनको कुछ नहीं कहा जबकि माधुरी के पिता ने संभवतः उन्ही के लिए शिकायत की थी। लक्की और पंकज जहाँ खड़े थे वहाँ अंधेरा था और वहाँ से पंकज का घर सामने ही था परन्तु पंकज सोच रहा था यदि भाग कर घर गया तो पुलिस पीछे पीछे घर तक पहुँच जाएगी इसिलिए वह दूसरी तरफ जिधर अस्पताल था उधर भाग लिया। उसने लक्की का हाथ पकड़ा और चिल्लाया "भागो।"

यह सुनकर लक्की भी उसके साथ भागने लगा और दो सिपाही भी उनके पीछे हो गए। दोनों अस्पताल की तरफ भागे दो सिपाही भी उनके पीछे रूको–रूको चिल्लाते हुए भागे। किराना दुकान, अस्पताल का जनरल वार्ड, गायको वार्ड सबको पार करते हुए दोनो सुनसान जगह पर आ गए थे। परन्तु अब भी दोनों सिपाही इनका पीछा नहीं छोड़ रहे थे। सुनसान जगह पर एक भूतियानुमा कमरा दिख रहा था जिसका दरवाजा खुला था वो दोनों उस कमरे में घुस गए। तब तक सिपाही भी वहाँ आ गए थे। बिजली कटी हुई थी और कोई जेनरेटर चलाने को कह रहा था। पंकज और लक्की अंधेरे कमरे में हाथ पकड़ कर खड़े थे भागते भागते दोनों थक चुके थे। उनलोगों को पैरों के पास कुछ मुलायम गद्देनुमा वस्तु का अहसास हुआ और वो दोनों उस पर बैठ गए। बैठने में सहुलियत नहीं हो रही थी परन्तु दोनों थके थे इसलिए इससे फर्क नहीं पड़ रहा था बस पैरों को आराम मिल रहा था। दोनों भय से लगभग काँप रहे थे और दोनों को एक दूसरे के धड़कन की आवाज भी सुनाई दे रहा था। महीना सर्दियों का था परन्तु पसीना दोनों के माथे से टपटपा रहा था। तभी

बाहर खड़े तीन चार भूतनुमा परछाईयों से एक सिपाही ने पूछा "इधर दो लड़को को भागते हुए देखा है।"

वो आदमी जो संभवतः शवदाहकर्मी था ने जबाब दिया कि "यहाँ कौन आएगा यह तो इलेक्ट्रिक शवदाह घर है। अभी–अभी एक लाश आया है जिसको जलाना है बस इ ससुरा लाइट आ जाए।"

यह बोलकर परछाई दूसरे दिशा में घूम गई। और चिल्लाया "अरे जेनरेटर चलाओ।"

ये सुनकर दोनों सिपाही तो वापस चले गए परन्तू लक्की और पंकज दोनों को एक दूसरे के बढ़ते धड़कन की आवाज साफ सुनाई देने लगी। दोनों के पैर काँपने लगे जैसे उनमें जान ही नहीं है पंकज के लिए यह दूसरी बार था पहली बार जब वह डकैतों का इंतजार कर रहे पुलिस के सामने हो गया था तब भी उसका पैर इसी तरह काँप रहा था। लक्की और पंकज दोनों खड़ा होने का कोशिश कर रहे थे पर डर से वे खड़े नहीं हो पा रहे थे। एक दूसरे को सहारा देकर खड़े हुए तभी बिजली आ गई। दोनों हिम्मत जुटाकर सरपट भागे और तब तक भागते रहे जब तक कि सामने दोनो सिपाही नहीं दिख गए। फिर सिपाहियों को देख कर दोनों एक पेड़ के पीछे छिप गए। पेड़ किराने के दूकान के एकदम बगल में थी। इसलिए उनदोनों को यह भी डर था कि कोई किराने दुकान से उन्हें छिपते हुए देखकर पहचान ना ले। किराने दुकान पर दो–तीन आदमी अभी–अभी घटित पुलिस वाली घटना पर ही बहस कर रहे थे। कोई बोल रहा था दो मोटरसाइकिल, एक साइकिल सहित पाँच लड़का पकड़ाया है। पुलिस ने चालाकी किया एक जीप मोहल्ला में लगाया दूसरा मोहल्ला के बाहर वहाँ भागते हुए दो मोटरसाइकिल को सवार सहित पकड़ लिया। मोहल्ला में एक साइकिल वाला पकड़ाया हैं। कोई कह रहा था मोहल्ला का भी दो लड़का था।

किराने दुकान पर उस समय उसके पिताजी आ गए थे जो कि शायद पूछ रहे थे कि पंकज आया था क्या? वह पेड़ के पीछे इंतजार करने लगा कि जल्दी से जल्दी पिताजी लौट जाए जिससे वह अपना घर का किराना सामान झाड़ियों के पास से

लेकर वापस घर लौट सके। उसको घर में बताने के लिए एक बहाना भी चाहिए था। वैसे भी आज कुछ ज्यादा ही हो गया।

उस दिन रात में जब पंकज वापस घर लौटा तो पिताजी ने तबीयत से खबर ली और बोला कि इस लड़के को अब हम एक मिनट भी बर्दाश्त नहीं कर सकते हैं। पंकज चुपचाप सुन रहा था और माँ की ओर देख रहा था जो वहाँ कोने में खड़ी थी। दादी ने बीच–बचाव किया जिससे पंकज को मार तो नहीं पड़ी लेकिन पिताजी ने फरमान सुनाया कि अब यह यहाँ नहीं रहेगा इसको पढ़ने के लिए बाहर भेंजेंगें। पंकज चुपचाप अपने कमरे से खिसक गया, जिस पर पिताजी ने दुबारा बुलाकर फिर सुनाया।

छोटी जुदाई

अगले दो दिन तक पंकज घर से नहीं निकला और पढ़ने की कोशिश करता रहा जिससे घर वाले उसको बाहर पढ़ने के लिए नहीं भेजे। बात आई गई हो गई पिताजी ने दुबारा उस बात का जिक्र नहीं किया। दो दिन बाद पंकज घर से बाहर निकला तो उसकी नजर सीधी माधुरी के घर पर थी पर वहाँ सन्नाटा था। मोहल्ले के एक लड़के से पूछने पर पता चला कि कल ही वो लोग सपरिवार कहीं चले गए। पंकज की इच्छा हुई कि पूछे कि सामान सहित तो यहाँ से कहीं और नहीं चले गए परन्तू वह पूछ नहीं पाया।

इसका पता एक ही जगह से चल सकता था। उसको लक्की की याद आई और वह उसके घर चला गया। लक्की ने बताया कि उस दिन उसको घर में बहुत डाँट पड़ी इससे पहले वह कभी इतनी देर तक घर के बाहर नहीं रहा था।

पंकज की इच्छा यह सब जानने में नहीं थी वह जानना चाहता था माधुरी का क्या हुआ। उसने इधर-उधर की बात नहीं की और सीधा मुद्दे पर आ गया और लक्की से पूछा ''रास्ते में देखा कि माधुरी का घर सुनसान है क्या हुआ वो लोग शहर छोड़कर चले गए।''

लक्की बोला ''दीदी बता रही थी उसके पिताजी यहाँ के लड़को के हरकतो से तंग आ कर अपने लड़कियों को राजधानी भेज दिए।''

पंकज बात काट कर पूछा ''राजधानी मे कहाँ।''

लक्की बोलो ''कोई कोचिंग है राजेन्द्र नगर में गाइडेन्स करके।''

पंकज यह सुनते ही वहाँ से उठा और लक्की को बाई बोलकर वहाँ से चला गया। पंकज वहाँ से सीधा अपने घर पहुँचा और माँ को खुद को पढ़ने के लिए बाहर भेजने के लिए मनाने लगा। माँ के नहीं मानने पर वह बोलने लगा कि पापा सही कहते थे कि हम यहाँ बिगड़ रहे है यदि बाहर जाकर पढ़ाई करेंगें तो एक दिन इन्जीनीयर बन जाएँगें। यह सुनकर माँ खुश हो गई और वह शाम को पिताजी से बात करने के लिए हॉमी भर दी। शाम को जब पिताजी घर आए तो माँ ने पंकज को पढ़ने के लिए बाहर भेजने का प्रस्ताव रखा। पंकज भी वहीं खड़ा था और बेसब्री से पिताजी के जवाब का इंतजार कर रहा था। पिताजी ने कहा ''अगले महीने की सैलरी आती है तो इसको बाहर भेज देंगें।

फिर पंकज की तरफ देख कर बोले ''कहाँ जाओगें।''

पंकज बोला ''राजधानी में एक गाइडेन्स कोचिंग है वहाँ बारहवीं के साथ इंजिनियरिंग का भी तैयारी करेंगें।''

पिताजी बोले ''पता करो कितना खर्चा आएगा।''

पंकज ने हाँ में सर हिलाया।

लक्की से ही उसको दुबारा पता चला कि गाइडेन्स कोचिंग का टेस्ट होता है जिसका फार्म मैगजीन के दुकान पर मिल जाएगा। फार्म भर कर पोस्ट करना है फिर एडमीट कार्ड आएगा और उस पर परीक्षा की जो तारीख होगी उस दिन राजधानी जाकर परीक्षा देना होगा। पंकज ने मैगजीन सेन्टर से फार्म खरीद लिया और शाम को पिताजी को दिखाया। पिताजी ने अनुमान लगाया मोटा मोटी रू० बारह हजार का खर्चा है और महीना का पन्द्रह सौ।

पापा कुछ सोचे और बोले ''तुम फार्म भर दो बाकि हम देख लेंगें।''

पंकज ने फार्म भर कर पोस्ट कर दिया एक महीने के बाद पोस्ट से एडमीट कार्ड आया जिससे पता चला कि दो दिन बाद परीक्षा था। परीक्षा के लिए पंकज राजधानी के लिए रवाना हुआ। वह पहली बार घर से बाहर कहीं अकेले जा रहा था। उसकी बस सीधे उसके शहर से राजधानी जाती थी। पूरा रास्ता

वह माधुरी के बारे में सोचता रहा। अगले दिन पाँच बजे सवेरे बस राजधानी पहुँच गई थी पंकज सात बजे तक बस में ही सोया रहा फिर खलासी ने उसे बाहर जाने को बोला तब वह बस से बाहर आया। बाहर निकलने के बाद वह बस स्टैण्ड पर ही तैयार हुआ और उसके बाद वहीं एक दुकान में नाश्ता किया। इन सब के बीच भी वह माधुरी के बारे में ही सोचता रहा। वह बारम्बार सोच रहा था कि इतने दिनों में माधुरी कितनी बदल गई होगी उसको देखकर उसका रिएक्शन क्या होगा यह सोच सोच कर वह रोमांचित हो रहा था। परीक्षा ग्यारह बजे से थी उसने एक रिक्शा वाले को राजेन्द्र नगर चलने को पूछा। उससे बीस रूपए में बात तय हुई। आधे घण्टे में पंकज गाइडेन्स कोचिंग के बाहर था जो कि परीक्षा स्थल भी था।

पंकज ने बाहर से कोचिंग का मुआयना किया करीब सात–आठ बड़े कमरों का दो तल्ला मकान था जिसमें बड़े–बड़े हॉलनुमा क्लास रूम बने हुए थे। थोड़ी देर में वहाँ घण्टी बजी और लड़के लड़कियाँ बाहर निकलने लगे। उन लड़कियों में माधुरी की बड़ी बहन भी थी। जो कि पंकज को देखते ही पहचान गई और जल्दी–जल्दी वहाँ से निकलने की कोशिश करने लगी परन्तू भीड़ के कारण वह निकल नहीं पा रही थी उसको ऐसा करते हुए देखकर एक घुँघराले बाल वाला लड़का उसके पास आया और पूछा "सब ठीक है।" उस लड़के का नाम मोंटू था।

वह बोली "नहीं मेरे शहर का चोर लोग पीछा करते हुए यहाँ तक आ गया।"

पंकज यह सुनते ही पिछे घूम गया और तेज कदमों से वापस उल्टी दिशा में निकल गया जिधर से वह आया था। थोड़ी दूर चलने के बाद उसको वही रिक्शावाला अपने रिक्शा में लेटे हुए दिखा जिसके साथ वह यहाँ तक आया था। उसका मन हुआ कि वह वापस लौट जाए। अब परीक्षा देने का मन नहीं कर रहा था। माधुरी भी उसके बारे में यही सोचती होगी। यही सोचकर उसने रिक्शा वाले को गुस्से से थरथराते हुए बोला "चलिए वापस बस स्टैण्ड।"

आते समय पंकज ने उस रिक्शावाले से खुब बात किया था इसलिए रिक्शावाले को पंकज की बहुत सारी बातें पता चल गई थी। वह रिक्शा वाला बुर्जुग और अनुभवी था किस्मत का मारा होने के कारण रिक्शा चला रहा था।

उसने बोला "बाबू तुम तो यहाँ परीक्षा देने आए थे फिर वापस काहे जा रहे हो।"

पंकज बोला "परीक्षा नहीं देना है बस चलिए।"

रिक्शा वाला बोला "बाबू माई-बाबू बहुत उम्मीद से बच्चा को पढ़ने भेजता है हमलोग के पास साधन नहीं था इसलिए पढ़ नहीं पाए यही से आज रिक्शा चला रहे हैं। आपलोग किस्मत वाले हैं जो आगे बढ़ने का मौका मिला है। डरिए नहीं परीक्षा दीजिए।"

पंकज को रिक्शा वाले की बात चुभ गई और वह उस पर गुस्सा भी हो गया था परन्तू उसको उस समय अपने माँ-पिताजी का चेहरा याद आ गया जिससे उसके कदम खुद-ब-खुद वापस कोचिंग के तरफ चले गए। अब उसने निश्चय किया वह माधुरी के लिए नहीं अपने लिए परीक्षा देगा।

अब कोचिंग से पढ़ने वाले छात्र छात्राओं का भीड़ जा चुका था। कोचिंग का मुख्य द्वार भी अब बंद हो गया था।

परीक्षा देने वाले इक्का दुक्का छात्र पहुँचे थे उन्हीं में से एक थी आकृती जो वहाँ खड़ी थी और प्रवेश द्वार के खुलने का इंतजार कर रही थी। पंकज ने उसको गौर से देखा उसके बाल ब्याय कट थे पंकज ने उससे पहले ब्याय कट में किसी लड़की को नहीं देखा था इसिलिए कौतूहलवश उसको देखता चला जा रहा था छोटे बाल के कारण उसका चेहरा एक दम मासूम लग रहा था। पंकज के लगातार देखते रहने के कारण आकृती उसकी तरफ बढ़ी जिससे पंकज घबरा कर इधर-उधर देखने लगा।

उसने बड़ी मासूमियत से पंकज को बोला "कभी लड़की नहीं देखे हो।"

पंकज भी उसी के टोन में उत्तर दिया "देखे हैं मगर ब्याय कट वाली पहली बार देख रहे है।"

यह सुनकर वह खिलखिला कर हँस पड़ी और पंकज शर्मा गया और इधर–उधर झाँकने लगा। आकृती बातूनी थी वह एक बार जो बोलना शुरू की तो फिर बोलती ही चली गई। शुरू उसने अपने से किया कि ब्याय कट रखने से बालों के मेन्टेनेन्स का समय और पैसा दोनों बचता है जिसका सद्उपयोग वह पढ़ने में और किताबें खरीदने में करती है। उसका कोई दोस्त नहीं बनता क्योंकि वह बनाती ही नहीं क्योंकि इससे पढ़ाई में हर्जा होता है। माँ–बाप यहाँ पढ़ने भेजे हैं ना कि दोस्त बनाने। फिर वह कोचिंग पर आई। गाईडेन्स कोचिंग मेडिकल के लिए अच्छा तो नहीं है पर यहाँ फिजिक्स और कैमेस्ट्री के टीचर बहुत अच्छे हैं पिछले महीने परीक्षा लिया था फिर भी बैच अभी पूरा नहीं हुआ है कुछ दिन क्लास करेंगें अच्छा लगेगा तो ठीक नहीं तो अलग–अलग विषय का ट्युशन लेंगें। वैसे भी हमको दो साल में मेडिकल क्लीयर करना है नहीं तो पापा ग्रेजुएशन में एडमीशन करवा देंगें वैसे भी बारहवीं पास किए एक साल हो गया। बोलते बोलते फिर आकृती का ध्यान पंकज पर गया जोकि शांति से उसकी बात सुन रहा था। आकृती को ऐसा श्रोता शायद पहली बार मिला था।

इसलिए वह फिर बोली "वैसे तुम क्या कर रहे हो।"

पंकज बोला "हम इंजिनियरिंग करने आए हैं।"

वह बोली "यहाँ मैथ का पढ़ाई नहीं होता है।"

पंकज अब डर गया था उसे उस समय यह नहीं पता था कि इंजिनियरिंग के लिए मैथ्स कितना जरूरी है परन्तू वह समझ गया था उसने कोई तो गलत निर्णय लिया है। फिर उसको माधुरी का चेहरा याद आया और वह मन ही मन बोला सब सही है।

फिर पंकज ने आकृती से बहुत सारे सवाल पूछे जैसे इंजिनियरिंग के एडमीशन के लिए कौन–कौन सा परीक्षा दिया जाता है। इंजिनियरिंग की पढ़ाई कितने साल का होता है और

इसको करने से नौकरी कब लगता है। फिर उँगली पर साल जोड़ने लगा कि नौकरी लगने तक माधुरी की शादी तो नहीं हो जाएगी।

आकृती ने इत्मीनान से उसके सभी सवालो का जबाब दिया। जैसे वह उसको वर्षों से जानती हो पंकज को भी उससे बात करने में झिझक नहीं हो रही थी वह भी उससे वैसे ही बात कर रहा था। इसका कारण उसका ब्याय कट भी हो सकता है। परन्तू पता नहीं जो भी हो पंकज आकृती के साथ बात करने में अन्य लड़कियों के समान झिझक नहीं रहा था। जितनी बातें आकृती ने बताई यही बातें सुबोध भैय्या कितना बार बताएँ थे पर तब पंकज ध्यान से नहीं सुनता था। जिस कारण उसको कुछ समझ में नहीं आता था।

तभी प्रवेश द्वार खुल गया और सभी परीक्षा देने आए लोग एक साथ अन्दर जाने लगे। पंकज और आकृती अब भी बात कर रहे थे। कोचिंग के डायरेक्टर गेट पर खड़े होकर सबको कतार में आने को बोल रहे थे। धीरे-धीरे सभी अन्दर जा चुके थे केवल पंकज और आकृती बाहर थे जो कि आपस में अब भी बात कर रहे थे। डायरेक्टर सर ने दो बार उनदोनों को आवाज दिया पर आकृती ने अनसुना कर दिया और पंकज को भी अपनी बात पूरी होने तक रूकने का ईशारा किया। यह देखकर डायरेक्टर सर का पारा चढ़ गया और हल्के गुस्से में कहा "हैलो लव बर्डस आ जाओ, एग्जाम दे दो फिर जितना बतियाना हो बतियाते रहना नहीं तो एक बार गेट बंद कर देंगें तो किसी के लिए नहीं खुलेगा।"

यह सुनकर आकृती डायरेक्टर को देखकर गुस्से से बोली "ओ के।"

और अन्दर चली गई।

पीछे-पीछे शर्माता हुआ पंकज भी अन्दर चला गया परन्तू डायरेक्टर की वह बात हैलो लव बर्डस अब भी उसके कानों में गुँज रही थी और उसके मन में गुदगुदी हो रही थी।

आकृती और पंकज का सीट एक ही रूम में था। डायरेक्टर ने उस रूम में गार्ड को खास ताकीद दी कि ये दोनों साथ में आए हैं इनका ध्यान रखिएगा चोरी ना करें।

थोड़ी देर में ग्यारह बज गए और गार्ड ने सबको प्रश्नपत्र दिया। जैसे ही प्रश्नपत्र मिला, पंकज ने उसको बनाना शुरू कर दिया। थोड़ी देर में पंकज ग्यारहवीं के सारे प्रश्न हल कर चुका था परन्तु बारहवीं के कुछ प्रश्न उससे नहीं बने फिर भी उसको लग रहा था कि आठवीं और दसवीं में उसने यह पढ़ा हुआ है इसलिए उसने तुक्का लगा दिया। कुल सौ बच्चे परीक्षा दे रहे थे परीक्षा समाप्त होने के बाद डायरेक्टर सर ने सबको अपने सीट पर आधे घण्टे बैठने बोला और हिदायत दी कि उस आधे घण्टे में आप अपने बनाए हुए प्रश्नों को मन में याद कीजीए। तब तक हमलोग सभी के उत्तर की जॉच कर लेंगें। आधे घण्टे में रिजल्ट यहीं बता दिया जाएगा और फिर आकृती के तरफ देखकर बोले अब आपलोग बात कर सकते है पंकज ने लगभग अपना सर शर्म से बेंच में गाड़ दिया था पर आकृती ढिठाई से कहा ''यस सर।''

डायरेक्टर वहाँ से चले गए आकृती ने पंकज के साथ बैठे लड़के को हटने का ईशारा किया और खुद उसके बगल में आकर बैठ गई।

पंकज शर्माकर कोने में दुबक गया। आकृती बोली घबराओ नहीं सर ऐसे ही बोलते है तुम टेन्शन मत लो। पंकज के मन में और भी जो इंजिनियरिंग से जुड़े सवाल थे वह उसने आकृती से पूछ लिए। आकृती की बातों को सुनकर सभी भाग खड़े होते थे पहली बार कोई मिला था जो उससे प्रश्न पूछ रहा था इसलिए वह भी पूरे मन से जवाब दे रही थी। आकृती ने भी सभी सवालों का सही–सही जवाब दिया। थोड़ी देर में डायरेक्टर सर रिजल्ट के साथ आए और बोले पहले तीन स्थान पर रहने वालों को फीस में 50 प्रतिशत का छूट मिलेगी और पहले तीन स्थान पर है योगेश, रवि और पंकज। पंकज को कानों पर विश्वास नहीं हो रहा था। और वह बोल पड़ा क्या सर पंकज

बोले। डायरेक्टर सर ने इस बार गौर से उसको देखा और बोला योगेश, रवि और पंकज।

पंकज खुशी से उछल पड़ा और डायरेक्टर सर से पूछा ''सर कब एडमीशन ले सकते हैं।''

डायरेक्टर सर बोले ''जब पैसा जमा कर दो।''

पंकज बोला ''अब जा सकते है।''

डायरेक्टर सर बोले ''हाँ।''

पंकज अपने बेंच से आकृति को क्रौस करते हुए निकला और लगभग भागते हुए बाहर जाने लगा। उसको माधुरी को देखने की जल्दी थी।

तभी डायरेक्टर सर आकृती की तरफ इशारा करके पंकज को बोले ''इसको कहाँ छोड़ रहे हो।''

फिर आकृती को देखकर बोले ''कैसा दोस्त है अकेले भाग गया।''

पंकज जाते हुए बोला ''सर आज हमलोग पहली बार मिले है।''

और बिना पीछे देखे वहाँ से चला गया।

कोचिंग सेन्टर से निकलने के बाद पंकज को आकृती का ध्यान आया असल में वह आधी फीस माफ होने की बात और माधुरी को देखने की बात से इतना खुश हो गया कि वह सामान्य शिष्टाचार भी भूल गया। अब तक वह कोचिंग के बाहर सामने वाली सड़क पर आ गया था। वह वहीं रूक कर आकृती का इंतजार करने लगा। आकृती थोड़ी देर में बाहर निकली, पंकज ने उसे दूर से देखा। आकृती ब्याय कट बाल और मासूम चेहरे के कारण किसी आठवीं–नवमीं के बच्चे की तरह लग रही थी पर एक बार बोलना जो शुरू करती थी तो रूकती ही नहीं थी। आकृती पंकज के सामने से गुजरी पर उसकी तरफ ध्यान नहीं दिया फिर पंकज द्वारा आवाज देने पर उसका ध्यान टूटा और पंकज की तरफ देख कर उसने उसको हैलो बोला।

पंकज ने उससे पूछा "क्या हुआ उदास लग रही हो।"

वह बोली "पता नहीं कैसे मार्किंग किया है मेरा सौ में अस्सी तो सही होगा पर हमको मात्र सत्तर नंबर दिया है।"

पंकज बोला "सत्तर बहुत होता है।"

इस पर आकृती मुँह बनाते हुए बोली "देखो कौन बोल रहा है सत्तर बहुत होता है। जिसको खुद नब्बे आए हैं।"

पंकज चौंक गया कि उसको नब्बे नंबर कैसे आए पर मन ही मन खुश था छः हजार रूपए तो बच जाएँगें उससे वह खूब कपड़े सिलवाएगा। आकृती पंकज के चेहरे के मंद मंद मुस्कान को देखकर बोली "इतना खुश क्यों हो।"

वह बोला "आधा पैसा माफ हो गया।"

आकृती बोली "ज्यादा खुश मत हो जाओ मैथ्स का पढ़ाई यहाँ नहीं होगा इसलिए कायदे से तुमसे दो हजार ज्यादा ले रहा है।"

पंकज उसका गणित सुधारना चाहता था पर चुप रह गया और मुस्कुराते ही रहा। तब आकृती ने ध्यान तोड़ा "एडमीशन लेने कब आ रहे हो।

वह बोला "तुम कब लोगी।"

वह बोली "अगले सप्ताह पापा आएँगें यहाँ फिर।"

पंकज बोला "हम भी अगले सप्ताह तक आ जाएँगें।"

आगे चौक के पास से आकृती का हॉस्टल बायीं तरफ था और पंकज को बस स्टैण्ड के लिए दायीं तरफ से जाना था। परन्तू आकृती के साथ वह हॉस्टल तक जाना चाहता था ताकि माधुरी को देख सके। परन्तू तबतक उसको पता नहीं था कि दोनों एक हॉस्टल में रहते हैं या अलग–अलग और वह दायीं तरफ ना जाकर बायीं तरफ ही चलने लगा। और उसके साथ उसके हॉस्टल तक चला गया। जब आकृती ने उससे पूछा घर नहीं जाना है तो उसने उसे बताया उसका बस शाम में है। उसको पूरा दिन इधर–उधर ही घूमना है, सो वह उसके साथ हो

गया। आकृति पंकज को उस स्थानीय जगह के बारे में बताते जा रही थी कि कहाँ गाइडेन्स का ब्वाइज हॉस्टल, कहाँ स्टेशनरी मिलता है और कहाँ ब्रेड मिलता है। उसने बताया कि इस इलाके में इकलौता गर्ल्स हॉस्टल है और वह वहीं रह रही है। सभी कोचिंग में पढ़नेवाली लड़कियाँ वहीं रहती है। यह सुनकर पंकज का दिल जोर से धड़कने लगा कि हो ना हो माधुरी और उसकी बहनें भी उसी हॉस्टल में रहती होगी क्योंकि उसके पापा और मम्मी तो उस घटना के तीन दिन बाद ही लौट आए थे और उसके शहर में अकेले रह रहे हैं।

पंकज का अनुमान सही निकला पंकज जैसे ही हॉस्टल के लोहे के बड़े से मुख्य गेट के पास पहुँचा तो वहाँ से माधुरी दो अन्य लड़कियों के साथ ठहाका लगाते हुए निकल रही थी। उसकी नजर अचानक पंकज पर पड़ी उसकी हँसी गायब हो गई। चेहरे पर बिस्मय का भाव आ गया। पंकज को लगा कि वह उसको वहाँ देखकर घबरा गई या डर गई है। पंकज थोड़ी देर मौन खड़ा रहा।

पंकज के मौन को आकृति ने यह पूछ कर तोड़ा "क्या हुआ इनलोगो की हँसी देखकर परेशान हो गए? इनकी हँसी सही नहीं है। द्रोपदी महाभारत की एक सशक्त पात्रा जिसकी एक उन्मुक्त हँसी ने इतना बड़ा महाभारत खड़ा कर दिया तो संसार की सारी महिलाएँ ऐसी ही हँसी हँसने लगे तो कितना बड़ा और सारा महाभारत हो जाएगा।"

पंकज को आकृति की माधुरी के प्रति कही गई बात अच्छी नहीं लगी।

पंकज बोला "कुछ नहीं अब चलते हैं बाय कोई तुमको बताया नहीं कि तुम बहुत बोलती हो और फालतू बोलती हो।"

इससे पहले की आकृति कुछ समझ पाती। पंकज वहाँ से निकल गया आगें बढ़ने पर उसने देखा कि माधुरी एक दुकान में अपने अन्य सहेलियों के साथ समोसा खा रहीं हैं पंकज उसको देखकर हिम्मत करके उस दुकान में चला गया। एक तरफ लकड़ी के बने डेस्क पर प्लेट रखकर माधुरी समोसा खा रही थी दूसरे तरफ दुकान का काउण्टर था पंकज उस ओर जा कर दो

समोसा देने को बोला। दुकानदार ने दो समोसे एक प्लेट में डालकर पंकज को दे दिया। पंकज धीरे–धीरे प्लेट हाथ में पकड़कर समोसा खाने लगा और कनखियों से माधुरी को देखने लगा। वह भी इस चीज को भाँप चुकी थी और समोसा खाने में समय लगाने लगी, दो समोसे खाने में दोनों को आधे घण्टे लगे।

तबतक आकृती भी आ गई वह पंकज को देखकर बोली ''अकेले–अकेले समोसा खा रहे हो इसलिए भागकर आ गए थे और फालतू क्या बोले थे।''

पंकज आकृती से बहस नहीं करना चाहता था इसलिए बोला ''भूख लगा था इसलिए अनाप शनाप बोल दिए। सौरी।''

माधुरी आकृती को वहाँ देख कर पंकज के तरफ देखी जैसे पूछ रही हो तुम इसे कैसे जानते हो और पंकज कुछ समझ पाता वह जल्दी से समोसा खत्म की और पैसे दुकानदार को देकर वहाँ से निकल गई, उसके जाने के बाद पंकज उस ओर देखता रहा फिर प्लेट नीचे रखकर दुकानदार को पैसे दिए और आकृती से पूछा ''तुम खाओगी।''

वह बोली ''नहीं ऐसे ही बोले।''

आकृती पंकज को देख रही थी और मौन थी उसका भी वही प्रश्न था तुम माधुरी को कैसे जानते हो।

पंकज ने उसकी चुप्पी तोड़ने के लिए बोला ''अब तक नाराज हो।''

उसने ना में सिर हिलाया।

पंकज ने आकृती से विदा लिया और माधुरी को फिर से देखने की कोशिश की परन्तु तबतक वह वहाँ से जा चुकी थी। आकृती भी कोचिंग जाने वाली सड़क की तरफ जाने लगी। पंकज ने वहाँ खड़े एक रिक्शा को रोका और बोला कि बस स्टैण्ड चलोगे रिक्शे वाले ने इनकार किया। दो–तीन और रिक्शावालों से उसने यही प्रश्न पूछा परन्तु सबने जाने से मना कर दिया।

अब पंकज को कुछ सूझ नहीं रहा था वह क्या करे वह सड़क के साथ साथ चलने लगा। अब वह मुख्य सड़क पर आ चुका था जहाँ उसको बहुत सारी गाड़ियाँ स्पीड में चलती हुई दिखाई दे रही थी। कार ऑटो बस बाईक सब। यह नजारा उसके शहर के मेन रोड से अलग था जहाँ सिर्फ साईकिल और रिक्शा इक्का दुक्का बाईक चलते हैं। थोड़ी दूर चलने के बाद उसको फिर आकृति दिखी वह ऑटो को हाथ दिखाकर रोकने का प्रयास कर रही थी पंकज जल्दी–जल्दी उसके पास पहुँचा और प्रश्नवाचक स्वर में बोला ‘‘बस स्टैण्ड जाने के लिए रिक्शा नहीं मिल रहा है।’’

वह बोली ‘‘यहाँ से रिक्शा नहीं मिलेगा यदि कोई रिक्शावाला बस स्टैण्ड से आता है तो वही वापसी में यहाँ से बस स्टैण्ड की सवारी लेकर जाता है। पापा को भी यही दिक्कत होती है। कितने बजे है तुम्हारी बस।’’

वह बोला ‘‘सात बजे शाम में।’’

वह बोली ‘‘मैं गाँधी मैदान जा रही हुँ बुक फेयर लगा है पुरानी बुक्स भी सस्ते दाम पर मिलती है। तुम चलोगे तो चलो अभी तो दो ही बज रहा है। तुम्हारे काम की किताबें मिल जाएगी।’’

पंकज ने हाँ बोल दिया दोनों साथ में एक ऑटो में चल दिए। आकृती के साथ ऑटो में बैठते ही पंकज को अजीब सी गुदगुदी हो रही थी वह बार–बार उससे दूर हटकर बैठने का प्रयास कर रहा था पर तीन सवारी होने के कारण यह संभव नहीं हो पा रहा था। किसी तरह सफर कटा। थोड़ी देर में दोनो गाँधी मैदान के बुक फेयर में थे ढेर सारी किताबें जिधर देखो उधर किताबें। आकृती की मद्द से पंकज ने तीन किताबें खरीदी। पंकज ने सबेरे के नाश्ते के बाद मात्र दो समोसा खाए थे। घर पर उसको इस बीच में दो तीन बार खाने की आदत थी। जिस कारण उसे शाम तक बहुत जोरों की भूख लग रही थी। उसने आकृती को बताया कि कुछ खाना है। आकृती ने कहा कि यहाँ चाउमीन के ठेले लगे हुए हैं। चाउमिन खाओगे? पंकज ने अपने शहर में ऐसे किसी व्यंजन का नाम नहीं सुना था इसलिए

उत्सुकतावश हाँमी भर दी। दोनो ने एक ठेले पर चाउमीन खाया। चाउमीन बहुत स्वादिष्ट था खासकर उसमें डाले गए चिकेन के छोटे–छोट टुकड़े पंकज को बहुत पसंद आए उसने चटनी डाल डाल कर पूरी प्लेट लाल कर दिया। खाते–खाते आकृती बोली साढ़े पाँच हो गए हैं अब तुम जल्दी निकल जाओ। पंकज ने बस स्टैण्ड जाने वाली एक ऑटो पकड़ी और चालीस मिनट के यात्रा के बाद वह बस स्टैण्ड पहुँच गया था। रास्ते में पूरा जाम मिला लोग सड़क के किनारे जहाँ–तहाँ अपनी गाड़ी लगाए हुए थे जिससे ऑटो को बहुत धीरे धीरे जाना पड़ा। बस स्टैण्ड पहुँचने पर उसने पाया कि वहाँ का नजारा सवेरे से पूरी तरह बदला हुआ है जहाँ सवेरे यहाँ शान्ति थी कोई शोर शराबा नहीं था। वहीं शाम को ऑटो से उतरते ही बस वाले यात्रियों को अपने बस में खीच रहे थे। वह भी यात्री से बिना पूछे की कहाँ जाना है। ऐसे ही पंकज भी ऑटो उतरते ही एक बस वाले ने अपनी तरफ खींच लिया। पंकज को लगा की वह उसको जानता होगा इस कारण वह बस वाले के साथ एक बस में बैठ गया करीब आधे घण्टे बाद जब बस के बाहर लोग दूसरे शहर का नाम ले रहे थे तब पंकज का ध्यान टूटा! नहीं तो वह माधुरी के ख्यालों में था। वह बस से उतर कर पूछा कि यह बस कहाँ जाएगी। बाहर खड़े आदमी ने जब दूसरे शहर का नाम लिया तो पंकज का कलेजा मुँह में आ गया। तभी उसने उसी आदमी को अपना सवेरे वाला टिकट दिखाकर बोला कि यह बस कहाँ से खुलेगी तो वह बोला यह तो गेट नंबर सात से खुलेगी, तुम अभी गेट नंबर दो में हो।

यह सुनकर पंकज के होश ही उड़ गए वह भागता हुआ उस आदमी के बताए रास्ते पर गेट नंबर सात की ओर जाने लगा। उसके शहर का बस स्टैण्ड बहुत छोटा था परन्तु यह तो बहुत बड़ा स्टैण्ड था आखिर हो भी क्यों नहीं राजधानी का स्टैण्ड जो था। पंकज ढूँढते–ढूँढते गेट नंबर सात तक तो पहुँच गया परन्तू तबतक उसकी बस जा चुकी थी। रास्ते में उसे हर गेट पर लोग रोक रहे थे कि आइए हमारे बस में चलिए। वह झल्ला गया था, कि जहाँ जाना था वहाँ का छोड़कर पूरे राज्य में हर जगह का बस वाला उसी को ले जाना चाहता है। वह गेट नंबर सात पहुँच गया पर उसकी बस जा चुकी थी। अब वह रोआंसा हो

गया अंधेरा भी घिर गया था। उसको समझ नहीं आ रहा था। अब क्या करे। तभी उसको एक टेलीफोन बूथ दिखा। उसके पास बस भाड़ा के लिए सौ–दो सौ ही बचे थे। उन दिनों बूथ से बात करने में चार पाँच मिनट के ही तीस रूपए लग जाते थे। उन दिनों एक जिला से दूसरे जिला में फोन लगाने पर भी एस०टी०डी० लगता था जिसका चार्जिंग प्रति सेकेण्ड होता था। पंकज ने जल्दी से फोन लगाया फोन पिताजी ने उठाया था। पिताजी को एक मिनट के अन्दर उसने सारा बात समझाया बस पूरे प्रकरण से आकृती को गायब कर दिया था पिताजी खुश थे बेटा किताब खरीदने गया था। उन्होंने बताया कि अभी रेलवे स्टेशन चले जाओं और वहाँ से रात दस बजे एक ट्रेन अमुक स्टेशन के लिए जाएगी और उस स्टेशन से सवेरे तीन बजे छोटी लाइन की ट्रेन अपने शहर के लिए मिलेगी।

पंकज ने पिताजी के बताए अनुसार रेलवे स्टेशन के लिए ऑटो पकड़ा दस मिनट में वह रेलवे स्टेशन पर था वहाँ उसने अपने शहर के लिए टिकट लिया। टिकट बहुत ही सस्ता था और पंकज के पास सौ रूपए बच गए ट्रेन में समय था उसको चाउमीन बहुत पसंद आया था। वह स्टेशन के बाहर चाउमीन का ठेला खोजकर दो प्लेट और चाउमीन खा गया। अब उसका पेट पूरी तरह भर गया। उसके बावजूद भी उसने एक दो चीजें और खरीद कर खाई। तब तक उसकी ट्रेन भी प्लेटफार्म पर आ गई थी ट्रेन खाली थी। उसने एक बर्थ पर अपना बैग रखा और उसी पर हिचकिचाते हुए लेट गया। दिन भर के थकान के कारण उसको नींद आ गई उसकी नींद टूटी रात में एक बजे। उसके पेट में गुड़गुड़ाहट हो रही थी वह उठा और सीधे टायलेट की तरफ दौड़ा, थोड़ी देर में बाहर आया तो फिर से उसके पेट में उसी तरह की गुड़गुड़ाहट हुई यह प्रक्रिया अगले एक घण्टे तक चली फिर वह आकर अपने सीट पर निढ़ाल हो कर पड़ गया। शरीर से पानी निकलने के कारण उसको कमजोरी लगने लगी परन्तू थोड़ी देर बाद टायलेट जाने का सिलसिला फिर शुरू हो गया। कुछ देर बाद उससे खड़ा भी नहीं हुआ जा रहा था। पूरी बोगी में इक्का दुक्का आदमी थे जो कि सोए हुए थे। तीन बजते ही ट्रेन एक स्टेशन पर रूकी और सोए हुए यात्री हड़बड़ा कर

उठने लगे। तभी एक ने उस स्टेशन का नाम लिया जिसके बारे में पिताजी ने बताया था कि वहाँ से छोटी लाइन की ट्रेन मिलेगी। पंकज के पास इतनी भी ताकत नहीं बची थी कि वह ट्रेन से उतर सके। बैग का वजन किताबों के कारण बहुत भारी हो गया था। आकृती ने कहा था कि किताबें रहने दो एडमीशन लेने आना तो मेरे पास से ले लेना लेकिन उसको ही पिताजी को दिखाना था। एक–एक करके सभी यात्री उतर गए पंकज किसी तरह हिम्मत जुटाकर बोगी के गेट तक आया जिस बैग को वह दिन भर आसानी से उठाकर घूम रहा था अभी उसका वजन पर्वत से भी ज्यादा हो गया था। फिर भी जैसे तैसे ट्रेन से उतरा और बैग घसीटते हुए छोटी लाइन के प्लेटफार्म पर पहुँचा। छोटी लाइन की ट्रेन लगभग खुलने ही वाली थी मानो इसी ट्रेन के इंतजार में थी आज पंकज को मेल एक्सप्रेस का मतलब समझ में आया। वह पूरी बची–खुची ताकत जुटाकर छोटी लाइन के ट्रेन में चढ़ गया और बाथरूम के बगल वाले कूपे में बैठ गया जो बाथरूम के बदबू के कारण खाली था। इस भाग दौड़ के कारण उसको फिर ट्रायलेट जाना पड़ा और अब उसकी पूरी ताकत खत्म हो चुकी थी। उसके पास मात्र दस रूपए बचे थे जो कि उसके अपने शहर के रेलवे स्टेशन से उसके घर तक का रिक्शा का भाड़ा था। उसकी आँखे बंद हो रही थी कमजोरी की वजह से। तभी सामने एक लड़का दिखा जो तभी ही आकर बैठा था। पंकज को लग रहा था वह घर नहीं जा पाएगा। कमजोरी की वजह से उसको लग रहा था कि वह मरने वाला है फिर उसने अपने बैग से कागज और पैन निकाला और उस पर अपने घर का फोन नंबर लिख दिया। और सामने वाले लडके को देखकर बोला कि ये नंबर और यह दस रूपया रख लीजीए। अंतिम स्टोपेज मेरा शहर है वहाँ इस नंबर पर मेरे पिताजी को फोन कर दीजीएगा कि उनका बेटा अमुक बोगी में बेहोश है वह आकर मुझको ले जाएँगे। वह लड़का दोनों रख लिया और मुस्कुराते हुए बोला आपको कुछ नहीं होगा मामूली फूड प्वाइजनिंग है सवेरे तक ठीक हो जाएगा। लेकिन यह सुनने से पहले पंकज ने आँख बंद कर लिया। उसको लगा कि अब वह बच नहीं पाएगा उसका शरीर बहुत ही कमजोर हो गया था।

पंकज की आँख खुली तो उसने पाया कि उसका बैग वहाँ से गायब है और सामने के सीट पर बैठा लड़का भी नजर नहीं आ रहा। उसने जो पर्ची दी थी वह वहीं सीट के नीचे पड़ी हुई थी। रात में उसने कमजोरी में उस लड़के को कोचिंग के परीक्षा के आमंत्रण पत्र के पीछे ही फोन नंबर लिख कर दे दिया था। उसने उसे फर्श से उठाया और पॉकेट में रख लिया। कमजोरी उसे अब भी लग रही थी। पंकज समझ गया उसका सामान चोरी हो गया। लेकिन चोर समझदार था उसने तीनों किताब वहीं निकाल कर रख दिया था किताब देखकर पंकज खुश हो गया। पंकज ने ट्रेन की खिड़की से झाँका, सूरज आसमान में उपर तक आ गया था। उसने एक बार में पूरी हिम्मत जुटाई और ट्रेन से उतरने का प्रयास किया। शरीर साथ नहीं दे रहा था परन्तू वह हिम्मत नहीं हार रहा था। तभी स्टेशन के सुरक्षा प्रहरियों की नजर उस पर पड़ी। सुरक्षा प्रहरियों को लग रहा था कि यह लड़का नशाखुरानी गिरोह का शिकार हुआ है जो कि यात्रियों को नशा खिलाकर लूट लेते थे। खैर जो हो पंकज को अस्पताल जाने का भगवान ने इंतजाम करवा दिया। प्लेटफार्म पर खड़ें सुरक्षा प्रहरियों ने उसे सहारा दे कर रिक्शा तक पहुँचाया और रिक्शेवाले को दस रूपए देकर बोले कि इसे अस्पताल तक छोड़ आओ। पंकज ने थोड़ी देर पहले भगवान से प्रार्थना की थी कि कि सदर अस्पताल तक पहुँच जाए तो उसका इलाज हो जाएगा और वह बच जाएगा और ऐसा ही हुआ। पिताजी भी वहीं काम करते हैं।

रिक्शावाले ने उसे अस्पताल तक पहुँचा दिया वहाँ पंकज को एक परिचित मिले जिसको उसने ईशारे से पिताजी को बुलाने को कहा। रिक्शावाला उसको वहीं उतार कर वापस चला गया। थोड़ी देर तक पिताजी वहाँ नहीं आए तो पंकज किसी तरह

ईमरजेन्सी वार्ड की तरफ जाने लगा अभी भी उसके पास तीन किताबें थे जिसे वह तमाम परेशानियों के बाद भी छोड़ नहीं रहा था। ईमरजेन्सी वार्ड की पर्ची कोई नया आदमी काट रहा था जिसको पंकज ने पहले कभी नहीं देखा था। पंकज तो वहीं पला बढ़ा था। बचपन से दादाजी एवं पिताजी के कारण उसका अस्पताल आना जाना लगा रहता था। वह वहाँ काम करने वाले लगभग सभी आदमियों को पहचानता था। इसलिए उसके लिए यह घर जैसा था और वह वहाँ लगी लम्बी लाइन के बगल से होते हुए पर्ची काटने वाले के पास पहुँचा और कराहते हुए उनसे पर्ची काटने के लिए बोला। पर्ची काटने वाला नौजवान और नया था और पंकज ने उसे चाचा कहकर संबोधित किया जिससे वह चिढ़ गया और पंकज को धमका कर लाइन में लगने को बोला। पंकज के शरीर में इतनी भी जान नहीं थी कि वह वापस पचास आदमियों के पीछे जाकर लाइन में लग सके इसलिए चुपचाप वहीं खड़ा हो गया और पिताजी के आने का इंतजार करने लगा। हैजा फैलने के कारण आज इमरजेन्सी वार्ड में बहुत भीड़ थी। लेकिन पर्ची काटने वाले व्यक्ति को यह बात नागवार गुजरी की उसके कहने के बाद भी यह लड़का पीछे क्यों नहीं जा रहा है उसने दो बार और पिछे जाने के लिए बोला किन्तू पंकज सर झुकाए वहीं खड़ा रहा, अब वह आदमी गुस्से से बेकाबू हो गया और उठकर पंकज को एक झापड़ लगा दिया पंकज के शरीर में कोई ताकत नहीं बचा था इसलिए वह धड़ाम से वहीं गिर गया। तब तक पंकज के पिताजी आ चुके थे उन्होंने देखा कि पंकज जमीन पर निढ़ाल पड़ा हुआ है और सामने किताबें बिखरे हुए हैं। पिताजी को बात समझते देर नहीं लगी उन्होंने पूछा किसने मारा, दो तीन लोगों ने उस आदमी के तरफ ईशारा किया। पिताजी के साथ उनके दो तीन मित्र (सहकर्मी) भी थे सबने मिलकर उस आदमी की जमकर धुनाई कर दी शर्ट–पैन्ट सब फाड़ डाला। पंकज ने पिताजी को अपने पर गुस्सा होते हुए बहुत बार देखा था परन्तु अपने लिए पहली बार गुस्सा होते हुए देख रहा था। उसको बहुत अच्छा लगा और मन ही मन प्रण लिया कि एक दिन पिताजी को अपने पर गर्व करने का मौका जरूर देगा। आज उसको पिताजी नें अपना दादाजी दिख रहे थे। इस घटना के बाद पंकज को एडमीट करवाया गया डाक्टर ने कहा मामूली फूड

प्वायजनिंग है कमजोरी हो गई है दो बोतल स्लाइन चढ़वा दीजीए ठीक हो जाएगा। वैसा ही हुआ दो बोतल स्लाइन चढ़ते ही पंकज में पहले जैसी ताकत आ गई और वह पिताजी से विदा लेकर पैदल ही घर के तरफ निकल गया। हाँ तीनों किताबें अब भी उसके साथ थे।

रास्ते में उसने देखा कि उसके घर के सामने वाले मैदान पर कुछ बच्चे क्रिकेट खेल रहे है थोड़ी देर पहले तक जो पंकज हिल भी नहीं पा रहा था वह कूद–कूद कर खेलने लगा।

शाम को जब पिताजी घर लौटे तो उन्होंने पंकज से कोचिंग के एडमीशन के बारे में पूछा। पंकज ने उन्हें सारी बाते विस्तार से बताई कि जितनी जल्दी हो सके उतनी जल्दी एडमीशन ले लेने में फायदा है। क्लास चालू है और जितना देर होगा उतना ही दिक्कत होगा।

पिताजी ने अगले ही दिन पैसों का इंतजाम कर दिया और पंकज को अपने एक चचेरे भाई के साथ एडमीशन के लिए भेज दिया। पंकज अपना सारा सामान लेकर चाचा के साथ राजधानी को निकल गया। वहाँ पहुँचते ही सीधे बस स्टैण्ड से राजेन्द्रनगर का रिक्शा पकड़ लिया इस बार उसको कोई दिक्कत नहीं हुई।

अगले दिन वह कोचिंग जाकर वहाँ एडमीशन ले लिया। एडमीशन लेने के बाद उसको डायरेक्टर सर मिले जिनको देखकर पहले तो वह खिसकने का प्रयास किया परन्तु वह मुख्य दरवाजे के सामने ही खड़े थे। डायरेक्टर सर समझ गए थे वह जो मजाक करते थे वह इस लड़के को समझ में नहीं आती है इसलिए वह उनसे बचने का प्रयास कर रहा है जो ठीक नहीं हैं।

उन्होंने प्यार से पंकज को बुलाया और कहा कि उनको पता था कि वह और आकृती पहली बार मिले थे लेकिन छोटे शहरो से आए लड़को में झिझक बहुत होता है जिसको दूर करने के लिए वह इस तरह का बात करते है। पंकज को अब उनसे बात करने में कोई झिझक नहीं हो रही थी। डायरेक्टर सर ने पंकज को बोला कि तुम्हारा बेसिक बहुत अच्छा है अच्छे से तैयारी करो अच्छे इंजिनियरिंग कॉलेज में एडमीशन मिल जाएगा।

फिर एक आदमी को बोले इसको हॉस्टल पहुँचा दीजीए। पंकज ने साथ आए चाचा से वहीं विदा लिया और उनको बस स्टैण्ड के लिए रवाना कर दिया।

डायरेक्टर सर ने जिस आदमी को पंकज के साथ लगाया उसका नाम मनोज था। मनोज पंकज को राजेन्द्र नगर के अलग–अलग सड़को से होते हुए ब्याज हॉस्टल तक ले गया और वह पंकज को रास्ता याद करने के लिए भी बोल रहा था। करीब दस मिनट चलने के बाद दोनों एक दो मंजिला बिल्डिंग के नीचे पहुँचे। जहाँ बिल्डिंग में घुसते ही एक रिशेप्शान था जिसपर एक ऑटो स्टैण्ड के किरानी टाइप का आदमी बैठा हुआ था। उस आदमी ने बिना किसी शिष्टाचार के पंकज को लगभग धमकाते हुए समझा दिया कोचिंग जाने के अलावा कहीं भी जाने के लिए उसकी अनुमति आवश्यक है यहाँ पर वही सबका बाप है और माँ भी। किसी तरह की शिकायत उसी के पास करनी है ना कि कोचिंग प्रबंधन को। प्रबंधन के सामने वह सारी बात खुद रखेगा। बगल वाले कमरे से क्लास की आवाज आ रही थी उसने झाँक कर देखना चाहा परन्तू (उस आदमी जिसका नाम विनय था जिसे उसने एक वाक्य में चार बार बोला था से पता चला।) विनय के डर से ऐसा नहीं कर पाया। फिर विनय ने ही कहा जाओ क्लास कर लो। रविवार को कोचिंग में क्लास नहीं होता था परन्तू ब्यायज हॉस्टल के काँमन हॉल में छात्रों के माँग पर व्यक्तिव विकास का क्लास होता था उसमें मुख्यतः अंग्रेजी पढ़ाई जाती थी। जिसमें लड़कियाँ भी भाग लेती थी। पंकज ने विनय के बताए कमरे में अपना सामान रखा वहाँ दो और बेड थे। पंकज ने एक कॉपी निकाला और क्लास में चुपचाप घुस गया। पढ़ाने वाले शिक्षक उस समय दो लोगों के बीच में डिबेट करवा रहे थे। एक तरफ धुँघराले बालों वाला मोंटू था और दूसरी तरफ एक साँवली आकर्षक लड़की थी जो कि मोंटू के हर बात को तर्कपूर्ण तरीके से काट रही थी। अंतिम में शिक्षक ने उस लड़की को विजेता घोषित किया और इनाम स्वरूप एक कलम दिया। पंकज ने उस कमरे का मुआयना किया तो पाया कि कमरे में ब्लैक बोर्ड था उससे जुड़ा एक चबूतरानुमा स्टेज था और करीब सौं बेंच डेस्क लगे थे एक डेस्क पर करीब तीन से चार लोग बैठ सकते

थे यानि कुल क्षमता चार सौ लोगों के बैठने की थी परन्तू उस समय सौ के करीब लोग ही उस कमरे में थे। सामान्तर में चार बेंच डेस्क थे जो कि चार कतार बनाते थे और सभी कतार में पच्चीस बेंच लगे थे पीछे वाले छात्रों को सुनने के लिए स्पीकर लगे हुए थे। पंकज एकदम बीच में कोना पकड़ कर बैठ गया। क्योंकि बीच में खंभे थे। दोनों तरफ दो–दो बेंच ऐसे ही एक खंभे की ओट में पंकज बैठ गया था। पंकज खँभे की ओट से छुपकर जानबूझकर बैठा था जिससे उसे आगे वाले लोग देख न सके और ना हि पहले दिन शिक्षक उससे कुछ पूछे क्योंकि अग्रेंजी तो उसकी गोल ही थी। पहली बेंच पर माधुरी और उसकी बहने भी बैठी थी। आकृती भी कतार की दूसरी बेंच पर बैठी थी। यहाँ लड़के लड़कियाँ एक ही बेंच पर बैठे हुए थे पंकज ने ऐसा कभी नहीं देखा था। सातवीं कक्षा तक तो वह लड़के लड़कियों के साथ वाले स्कूल में पढ़ा परन्तू वहाँ लड़का लड़की कभी एक साथ नहीं बैठे। लड़कियों का बेंच पहले ही आरक्षित हो जाता था। कोई लड़का गलती से उस पर बैठ जाता तो सभी उसका मजाक उड़ाते थे।

उस साँवली लड़की का नाम शगुण था और वह अपना इनाम लेकर पंकज के बगलवाली सीट पर चली आई जहाँ वह पहले से बैठी थी। पंकज को यह समझ में नहीं आया यह तेज लड़की इतना पीछे क्यों बैठी। आते ही उसने देखा खाली बेंच पर लड़का बैठ गया है उसने पंकज को देखकर हैलो किया। पंकज को इसकी अपेक्षा नहीं थी इसलिए वह हड़बड़ा गया और हड़बड़ी में अपना कॉपी गलती से नीचे गिरा दिया और जब उसको उठाने के लिए नीचे झुका तो हड़बड़ाहट में शगुण के पेंसिल बाक्स को नीचे गिरा दिया जिससे जबरदस्त शोर हुआ। सभी लोग उस ओर देखने लगे। पंकज घबराते हुए नीचे ही झुका रहा तबतक शिक्षक की नजर खँभे के बगल से उस पर पड़ी उन्होंने देखा एक लड़का डरते डरते पेन्सिल समेट रहा है।

वह चिल्लाए ''वाट आर यू डूईंग।''

शगुण को पंकज पर दया आ गई कि पहला क्लास है आज ही डाँट सुन जाएगा। वह बोल पड़ी सर मेरा पेन्सिल बाक्स

मुझसे नीचे गिर गया, आपने जो पेन दिया था उसको रख रही थी। यह लड़का मेरी मद्द कर रहा है यह सुनते ही पंकज के जान में जान आई और वह धीरे से उपर बेंच पर आ गया। तब तक माधुरी और उसकी बड़ी बहन ने उसको पहचान लिया था। क्लास खत्म हुई। क्लास के बाद पहले सभी बाहर के बच्चे हास्टल से निकल गए फिर हॉस्टल वाले लड़के अपने अपने कमरों में गए यह वहाँ का अघोषित नियम था। पंकज माधुरी के पीछे जाना चाहता था परन्तु विनय को देखकर चुप चाप अपने कमरे की ओर मुड़ गया। पंकज के लिए आगे यही क्लास सबसे कष्टदायक होने वाला था क्योंकि इसमें इंग्लिश बोलनी पड़ती थी बिना इंग्लिश के मैट्रिक पास करने के बाद पंकज को लगा था अब इससे पाला नहीं पड़ेगा। परन्तु यहाँ तो इसके बिना काम ही नहीं चलेगा।

पंकज के कमरे में जो दो लड़के रहते थे उनका नाम दीपक और विपिन था दोनों एक ही शहर से थे और हॉस्टल के बाकि लड़के उनसे डरते थे। पहले दिन तो दोनों ने पंकज को कुछ खास भाव नहीं दिया और आपस में ही बात करते रहे पंकज के कुछ पूछने पर इशारे से बता देते थे। पंकज के पास फीस के आधे पैसे बचे हुए थे जिस कारण वह अपने सूटकेस पर बार बार ताला लगा रहा था। जो उनलोगों को अजीब लग रहा था।

अगले दिन सुबह बाथरूम के लिए मारामारी हो रही थी क्लास आठ बजे था। कोचिंग में दो क्लास थे एक ग्यारहवीं जिसमें वे बच्चे पढ़ते थे जो कि मैट्रिक पास करके अभी अभी आए थे। एक बारहवीं उसमें सभी बच्चे पढ़ते थे जो बारहवीं में पढ़ रहे हैं या इन्टर पास भी कर चुके थे। जैसे कि माधुरी की बहन एक साल पहले बारहवीं पास कर चुकी थी आकृती दो साल पहले पास की थी शगुण के बारे में लोग बोल रहे थे वह पाँच साल पहले बारहवीं पास की थी। पंकज को आश्चर्य हुआ बारहवीं के क्लास में बारहवीं का इक्का दुक्का बच्चा था। किसी तरह जद्दोजहद करने के बाद पंकज तैयार हो गया लेकिन तबतक आठ से ज्यादा बज चुके थे। हड़बड़ाते हुए पंकज कोचिंग पहुँचा तबतक क्लास शुरू हो चुका था। क्लास में आधे लड़के ही आए थे। इक्का दुक्का लड़कियाँ क्लास में थी जिसमें शगुण भी थी।

माधुरी की बहन और आकृती क्लास नहीं आए थे। पंकज ने शिक्षक से क्लास में अन्दर आने की अनुमति माँगी शिक्षक गुस्से में थे क्योकि लड़के टाइम से आते नहीं थे और फिर बीच में आकर चलती क्लास को डिस्टर्व करते थे। पंकज की ओर शिक्षक ने देखा और गुस्से से कहा नहीं आना है।

पंकज गिड़गिड़ाते हुए दुबारा बोला ''सर प्लीज आने दिजीए पहला क्लास है। आज लाइट का क्लास शुरू हो रहा नहीं करेंगें तो आगे कुछ समझ में नहीं आएगा।''

रात में ही उसको खाते समय पता चला था कि शिक्षक कल से लाइट की क्लास शुरू करेंगें। शिक्षक को उस पर दया आ गई और उसको अन्दर बुला लिया और उसके सीट पर जाते हि तीन–चार बेसिक सवाल उसको दाग दिए। वह एक–एक करके सभी सवाल का जबाब दे दिया चौथा सवाल वह नहीं पढ़ा था तभी उसको धीमी आवाज सुनाई दी जो कि दीपक का था वह उसको उत्तर बता रहा था। पंकज ने उत्तर बता दिया, शिक्षक जिनका नाम रणजीत सर था उन्होंने शाबासी दी सबलोग बेंच पर हाथ मार कर पंकज का अभिवादन किया। क्लास खत्म होने के बाद शगुण पंकज के पास आई और बोली तुमने फिजिक्स कहाँ से पढ़ा है। जिसके जवाब में पंकज ने बताया कि वह शुरूआत से अपने शहर में ही पढ़ाई किया है। शगुण ने बताया उसका पिछले पाँच साल से मेडिकल में फिजिक्स के कारण ही नहीं हो रहा है। उसने पंकज को क्लास के बाद कम्बाइंड स्टडी के लिए बोला जिसपर पंकज ने सहमति जताई। पंकज ने भी सोचा कि शगुण के साथ उसकी भी इंग्लिश अच्छी हो जाएगी। फिजिक्स में वह शगुण को पढ़ाने के लिए खुब मेहनत करने लगा। पंकज को दो ही क्लास करना होता था फिजिक्स और कैमेस्ट्री इसिलिए वह खाली समय में प्रतियोगिता परीक्षाओं के उत्तर बनाता था जिससे कुछ ही समय में उसका फिजिक्स और कैमेष्ट्री बहुत अच्छा हो गया।

अब हॉस्टल में दीपक और विपिन उसके अच्छे दोस्त हो गए थे कभी कभार माधुरी रोड पर कोचिंग में आते जाते दिख जाती थी। शगुण के बारे में हॉस्टल में सबलोग अच्छी राय नहीं

रखते थे और सभी कहते थे कि वह एक चालू लड़की है। पंकज उसके साथ रोज घण्टा दो घण्टा कम्बाइन्ड स्टडी में बात करता था जिससे उसको यह पता था कि उसके लिए मेडिकल छोड़कर और कोई चींज मायने नहीं रखती है। फिर भी लोग उसको अच्छी लड़की नहीं बोलते थे यह समझ से परे था।

पंकज ने गौर किया तो उसने पाया कि उसने कभी पढ़ाई के अलावा कभी किसी चींज के बारे में उससे बात नहीं की है, अपने घरवालों के बारे में पंकज ने उसको सब बता दिया है परन्तू उसके घरवालों के बारे में उसने कुछ नहीं बताया। उस समय मोबाईल के इनकमिंग के एक मिनट का खर्च सात रूपया था फिर भी शगुण के पास मोबाईल था। जब भी उसके मोबाईल पर फोन आता था वह सबकुछ समेट कर पंकज को बाई बोलकर निकल जाती थी। पंकज समझ गया था इसका कोई ब्वायफ्रेण्ड है जो बहुत अमीर है उसने ही इसको मोबाइल दिया होगा और वही इसको जब–तब बुलाते रहता होगा। पंकज को उससे यह पूछने की हिम्मत नहीं थी क्योंकि ग्रुप स्टडी टूटने का डर था इससे फायदा तो पंकज को भी हो रहा था। धीरे–धीरे चार महीने बीत गए इस बीच कोचिंग में वह आकृती के साथ और कम्बाइन्ड स्टडी में शगुण के साथ जीतोड़ मेहनत कर रहा था। इसमें वह यह भूल ही गया था कि वह यहाँ आया तो माधुरी के लिए था।

एक दिन पंकज आई०आई०टी० का फार्म खरीदने बैंक गया था। और जब फार्म लेकर बाहर निकल रहा था तो उसने देखा शगुण अपना मुँह दुपट्टे से ढँके हुए है और रहस्मय ढँग से एक दोयम दर्जे के होटल में प्रवेश कर रही थी जो कि बैंक के सामने ही था। पहले तो उसे लगा कोई और है लेकिन इतने दिनों से शगुण के साथ रहने के कारण वह उसकी चाल ढाल पहचान गया था। शगुण ने अपने मुँह को दुपट्टे से अच्छे से कवर कर रखा था जिससे कोई भी उसको पहचान नहीं सकता था। उसने उसका पीछा करने का सोचा और वह फार्म हाथ में लेकर होटल की तरफ बढ़ गया। उसने देखा कि शगुण होटल के मेन गेट के बगल की सीढ़ीयो से उपर जा रही है वह भी उससे नियत दूरी बनाकर सीढ़ीयाँ चढ़ने लगा। तीन फ्लोर उपर जाने के बाद वह एक कमरे के दरवाजे पर नंबर ढूढ़ने की कोशिश

करने लगी और फिर एक कमरे के बाहर रूक कर दस्तक दी दरवाजा खुला और शगुण अन्दर चली गई। पंकज वहीं पास में छिपकर सब देख रहा था। पंकज का दिल टूट गया था पर क्यों वह तो शगुण से प्यार नहीं करता था ओर ना हि शगुण से कभी इजहार किया था बस साथ पढ़ने के कारण एक लगाव था। उसने मन ही मन निश्चय किया कि इस गन्दी लड़की से दुबारा बात नहीं करेगा। यह सोचकर वह भारी मन से सीढ़ीयो से नीचे उतर ही रहा था अभी दूसरे फ्लोर पर आया था तभी प्रथम फ्लोर से शोरगुल आने लगा पकड़ो सालो को एक भी भागने नहीं पाए। फोटो खीचीए सबका। होटल पर पुलिस की रेड पड़ चुकी थी। पंकज के हाथ में आई०आई०टी० का फार्म था इसलिए वह आसानी से नीचे उतर कर जा सकता था वैसे भी वह किसी लड़की के साथ नहीं था। परन्तू उसको चिन्ता हुई शगुण कि जो कि आज पकड़ी गई तो जिन्दगी भर उबर नहीं पाएगी। वह दौड़ते हुए एक फ्लोर उपर गया और शगुण जिस दरवाजे से अन्दर गई थी उस पर जोर जोर से दस्तक दे दी। गैलरी के दोनों तरफ करीब बीस कमरे थे और गैलरी के अन्त में भी एक सीढ़ी दिख रही थी। पंकज ने मन ही मन सोचा शगुण को लेकर सामने वाली सीढ़ी से नीचे उतर जाएगा। तभी दरवाजा खुला एक अधेड़ उम्र का आदमी गंजी पहने बाहर निकला और गाली देते हुए पूछा पैसा तो नीचे भर दिए थे दुगुना अब काहे तंग कर रहा है। पंकज अपना सर कमरे के अन्दर घुसाया और शगुण से बोला भागो पुलिस का रेड पड़ा है शगुण का साँवला चेहरा सफेद हो गया था। वह जल्दी से अपना बैग लेकर बाहर निकली उस आदमी ने भी जल्दी से दरवाजा बन्द किया। पंकज शगुण को पकड़कर सामने वाली सीढ़ी की तरफ भागा लेकिन तबतक पुलिस दूसरे तल तक चेकिंग करते हुए आ चुकी थी और उस ओर की सीढ़ी पर भी दो सिपाही खड़े थे जो हर आने जाने वाले को रोक रहे थे और उनका फोटो भी ले रहे थे। पंकज का दिमाग ऐसे वक्त में बहुत तेज दौड़ता था और वह शगुण का हाथ पकड़कर छत के तरफ भागा और छत पर जाने के लिए जो दरवाजा था वह खुला था और बाजार के मकानों के छत एक दूसरे से लगते थे दोनों एक छत से दूसरे छत होते हुए तीसरे छत पर चले गए जहाँ टेन्ट हाउस का कपड़ा सूख रहा था दोनो

भरी दुपहरी में उसको ओढ़ कर बैठ गए। शगुण पंकज को बताना चाहती थी कि वह अनाथ है ओर उसके चाचा चाची उसकी शादी इसी बूढ़े से करना चाहते हैं और इस कारण आगे पढ़ने के लिए वह ऐसा कर रही है यह बुड्ढा ही उसके पढ़ाई का खर्चा उठा रहा है। सोचती हूँ कुछ बन जाऊँगी तो इसको छोड़ दूँगी। गिल्ट भी होता है परन्तू आगे अच्छे भविष्य के लिए अभी कॉम्प्रोमाइज कर रहे हैं। पंकज को उसकी बातों में कोई इंटरेस्ट नहीं रह गया था। अब उसको डर लग रहा था क्योंकि जल्दी–जल्दी में वह यह सब तो कर गया पर अब उसकी धड़कन तेज हो गई थी और हाथ पैर में भी थर थराहट पैदा हो गई थी। पुलिस ढूढ़ते हुए छत तक आ गई थी। पंकज के हाथ पैर थरथरा रहे थे जिसे देखकर शगुण ने उसको कस कर पकड़ लिया। इसी बीच शगुण का मोबाईल बजा शगुण ने जल्दी से मोबाईल उठाया और ठीक है बोल कर जल्दी से मोबाईल ऑफ किया। पंकज गुस्से से बुदबुदाया मरवा के ही मानोगी। दोनो समियाने के नीचे छिपे थे और सामियाने के छेद से देखा तो पुलिस वाले होटल के छत का गेट बंद करके जा चुके थे। नीचे तीन चार गाड़ियाँ लगी थी जिसमें पकड़े गए लोगों को लेकर पुलिस थोड़ी देर में निकलने वाली थी। पंकज ने यह दृश्य देखा तो उसके जान में जान आई। थोड़ी देर में शगुण उसके पास गई और उससे बोली यह बात किसी को मत बताना वर्ना मेरी जिन्दगी बर्बाद हो जाएगी। बदले में तुम जो चाहो तुमको हम देंगें। यह लाइन बोलते हुए उसने कुछ भी पर ज्यादा ही जोर दिया था। यह सुनकर पंकज पूरी बात समझ चुका था और उसके पूरे शरीर में झूरझूरी दौड़ गई परन्तू उसने उसका फायदा नहीं उठाया और उसको देखकर बोला ''कौन सी बात।''

यह कहकर पंकज अगल बगल छत ढूढ़ने लगा जिसका दरवाजा खुला हो उसे ऐसा एक छत मिला फिर दो–तीन छत पार करने के बाद वह वहाँ से निकल गया और सीढ़ीयों से होते हुए मुख्य सड़क पर आ गया। शगुण भी पीछे पीछे आ गई जिसके हाथ में पंकज के आई०आई०टी० का फार्म था। जो उसने सामियाने के नीचे छोड़ दिया था। पंकज ने उससे फार्म लिया और बिना उसकी तरफ देखे एक ऑटो में बैठ गया। शगुण ने भी

फुर्ती दिखाते हुए ऑटो में जगह बना ली। ऑटों में दो ही सवारी थी परन्तू शगुण पंकज को लगभग दबोच ही लिया था पंकज बचने का प्रयास कर रहा था। तब तक बाहर अँधेरा छा गया था उसी का फायदा उठाते हुए शगुन ने अपने होठों को पंकज के होठों पर रख दिया। पंकज ने किसी तरह अपने आप को सँभाला। और शगुन से दूर हुआ लेकिन तुरन्त ही उसने खुद ही शगुन को अपनी ओर खींच लिया। पूरे रास्ते वह शगुन को चूमता रहा। ऑटों वाला भी यह सब देख कर मस्ती में ऑटों चला रहा था।

ऑटो विभिन्न रास्तो से होते हुए राजेन्द्र नगर पहुँच गई। पंकज मिश्रित भाव के साथ हॉस्टल की तरफ बढ़ रहा था शगुन भी अपने हॉस्टल जा चुकी थी। अब उसे चिन्ता थी कि इतनी देर से गायब था शाम हो गई विनय को क्या जवाब देगा।

जन्मदिन

पंकज धीमे कदमों से हॉस्टल की तरफ बढ़ रहा था पूरी घटना किसी फिल्म की तरह उसके दिमाग में चल रही थी कि कैसे वह सवेरे फॉर्म लेने गया कैसे उसने शगुण को देखा कैसे उसने अपनी परवाह नहीं की यदि वह शगुण के साथ पकड़ा जाता तो कोई उसकी बात पर यकीन नहीं करता कि यह लड़की उसके साथ नहीं है कितनी बदनामी होती घरवालों की, उसके घरवालों पर क्या गुजरती। लेकिन ऑटों की बात याद आते ही सब चिन्ता गायब हो जा रही थी। इसी अधेड़बुन में वह हॉस्टल पहुँच चुका था। रिशेप्शन पर विनय बैठा था उसने देरी से आने की वजह पूछी पंकज ने फार्म दिखा दिया वो बुदबुदाने लगा लम्बा लाइन रहता है। इतने दिनों में विनय समझ चुका था पंकज अपना काम से काम रखने वाला लड़का है ऐसे लड़को को वार्डेन द्वारा पसंद किया जात है क्योंकि वह बेवजह वार्डेन को तंग नही करते हैं कि दाल पतली है, सब्जी में पनीर खोज दीजिए ना सर, पानी खत्म हो गया। पंकज आगे बढ़ गया परन्तू उसको रिशेप्शन के बगल वाले हॉल से शोर सुनाई दे रहा था।

पंकज कौतूहल वश हॉल के अन्दर चला गया और वहाँ देखा हॉस्टल के सारे लड़के वहाँ ब्लैक बोर्ड को घेर कर खड़े है और ब्लैक बोर्ड से लगे चबूतरे पर मोंटू, माधुरी और दो तीन लड़के खड़े थे और चिल्ला रहे थे कल जन्मदिन मनाया जाएगा कोचिंग में आप सब आमंत्रित है। यह कह कर चबूतरे पर खड़ी माधुरी वहाँ से उतरकर बाहर जाने लगी जहाँ दरवाजे पर अब भी पंकज खड़ा था। पंकज को देखकर माधुरी मुस्कुराई और फिर जोर से बोली आप सब आमंत्रित हैं। उनलोग के जाने के बाद पूरे हॉस्टल में यही चर्चा का विषय था कि कल कौन क्या पहन कर पार्टी में जाएगा। उसके बाद सभी पंकज से माधुरी की पसंद पूछने लगे जिसपर पंकज झल्ला कर बोलता कि मैं क्या जानूँ।

सबलोग बोलते कि मोंटू ने बताया कि आपलोग एक ही मोहल्ले से हैं और आप कैरम चोर हैं। यह सुन कर सब ठहाका लगाते थे। ग्यारहवी के लड़को के द्वारा पंकज का इस तरह उपहास उड़ता देखकर दीपक और विपिन को गुस्सा आया और उन्होंने उन लोगों को बाहर का रास्ता दिखाया। लेकिन इनमें एक लड़का था साईको जो कि माधुरी के पिछे वहाँ हाथ धो कर पड़ा था और दो तीन बार नस काटने का धमकी भी दे चुका था। सब उसको साईको बुलाते थे और उससे प्यार से बात करते थे। क्योंकि क्या पता किस बात कर नस काट ले। साईको दीपक के पास आ कर बैठ गया। और पंकज को हड़काने लगा भैय्या कुश्ती लड़िएगा पटक कर यही दम निकाल देंगें आपका, नहीं तो बता दीजिए माधुरी को क्या पसंद है हमको गिफ्ट करना है। पंकज उसके बातों पर ध्यान नहीं दे रहा था परन्तु वह बारबार पंकज को धमका रहा था भैय्या ....। परन्तु इस बार बात अधूरी रह गई विपिन ने साईको को एक तमाचा जड़ दिया था। साईको यह अच्छा नहीं हुआ बोलकर वहाँ से निकल गया। थोड़ी देर बाद माहौल को हल्का करने के लिए दीपक ने पंकज से पूछा कल तुम क्या पहन के कोचिंग जाओगे माधुरी के जन्मदिन में। पंकज कुछ सोचकर बोला वह नहीं जाएगा क्योंकि माधुरी उसके मोहल्ले की है उसके बावजूद वह उसको अलग से आमंत्रित नहीं की इसिलिए वह नहीं जाएगा। फिर भी सबसे छिपकर एक सप्ताह पहले पंकज उसके लिए गिफ्ट में कार्ड और एक ड्रेस खरीद चुका था। बहुत दिनों से उसके बर्थडे का इंतजार भी था उसको परन्तु वह ऐसे जगह से आता है जहाँ न्यौता यदि आमने सामने नहीं दिया जाए तो लोग नहीं जाते हैं।

अगली सुबह पूरे हॉस्टल में उत्सव का माहौल था लग रहा था हर कोई माधुरी से मिलने की जल्दी में था। मोंटू दिखा रहा था कि कैसे वह आज माधुरी के साथ डांस करेगा और उसके बाद डिनर पर रेस्टोरेन्ट जाएगा। पंकज को जलन और गुस्सा दोनों आ रहा था। वह सवेरे से दो बार मोंटू से जानबूझकर टकरा चुका था। मोंटू अलग ही दुनिया में था इसलिए वह टकराने का बुरा नहीं मान रहा था उसको सबकुछ अच्छा लग रहा था। वह एक्ट करके बता रहा था कैसे एक तरफ

शगुन को रखेगा और एक तरफ माधुरी को और फिर दिल तो पागल है फिल्म के स्टाइल का फोटो खिंचवाएगा। मिड्डू और मोंटू में ज्यादा बनती नहीं थी। परन्तू ऐसे मौकों पर दोनों में सहकारिता का संबंध हो जाता था। मिड्डू माधुरी के बड़ी दीदी को पसंद करता था और उसके लिए गाने गाता और गाकर उसको प्रभावित करने का प्रयास किया करता। डिनर और मूवी देखने का पूर खर्चा मिड्डू ही उठाने वाला था। सब कुछ सेट था। सबलोग बारह बजने का इंतजार कर रहे थे क्योंकि पार्टी दिन के बारह बजे होने वाली थी। सभी लोग साढ़े ग्यारह तक हॉस्टल से निकल चुके थे। अब हॉस्टल में केवल विनय पंकज और दीपक थे। दीपक भी जाना चाहता था परन्तू पंकज के कारण नहीं जा रहा था। बारह बज गए पार्टी शुरू हो गई होगी। कॉमन हॉल को सबने रात में सजाया था कहीं न कहीं इसमें डायरेक्टर सर की भी सहमति थी क्योंकि उनके अनुमति के बिना इतना बड़ा आयोजन नहीं किया जा सकता था। पंकज दिन के एक बजे तक झूठमूठ का करवट बदलते रहा पर मन ही मन सोच रहा था जिससे वह प्यार करता है उससे पूरा दुनिया प्यार करती है मन ही मन उसको अपने पसंद कर गर्व हुआ। परन्तू तब तक क्या किया जा सकता था इंतजार के सिवा। जब तक की कोई आए और पार्टी का हाल बताए।

तभी उसको एक लड़की की आवाज रिशेप्सन से सुनाई दी पंकज से मिलना है। हॉस्टल में उससे ज्यादा शांति कभी नहीं हुई होगी विनय की एक–एक आवाज पंकज के कमरे तक आ रही थी। पंकज को आवाज पहचानते देर नहीं लगी वह आकृती की आवाज थी उसके हाथ में दो बुक थे। इस कारण विनय ने उसको कमरे में जाने की अनुमति प्रदान की। आकृती की दीपक से भी अच्छी दोस्ती हो गई थी। इसलिए पंकज आवाज सुनकर नहाने के लिए भागा ताकि जब तक आकृती दीपक से बात करे वह तैयार हो जाए। लौट कर आने पर पंकज ने देखा दोनों केमेस्ट्री पढ़ रहे थे। थोड़ी देर बाद फिर एक लड़की की आवाज आई वह भी पंकज को ढूँढ़ रही थी। विनय ने उसको भी कमरे में भेज दिया वह शगुन थी। शगुन ने आकृती को देखते हुए फीकी हँसी दिया और हैलो बोला। जैसे उसको वहाँ उसकी उपस्थिति

अवांछित लगी। आकृती ने भी हँस कर हाए में जवाब दिया। अगले ही पल दोनो दूसरी तरफ मुँह घुमा कर बैठे थे। उस दिन बुधवार था और मेन्यू के हिसाब से दिन के खाने में चिकन बना था। परन्तू आज पार्टी के कारण कोई खाना खाने आने वाला नहीं था इसलिए दीपक ने सबको खाने के लिए पूछ लिया। सबलोगों ने मिलकर खाना खाया शगुण ने पार्टी के बारे में बताया कि बर्थडे गर्ल खोई खोई थी और किसी को ढूँढ़ रही थी बार बार दरवाजे पर देख रही थी। आकृती ने पहली बार उससे सहमति जताई और उसने भी हाँमी भरी। यह सुनकर पंकज ने जल्दी–जल्दी खाना खत्म किया और कोचिंग जाने का बोलकर हॉस्टल से निकल गया और निकलते हुए दीपक से इशारा किया कि उनदोनों को टरका कर साथ चले। उनदोनों ने पंकज को कुछ देर रूकने को बोला पर पंकज अब कहाँ रूकने वाला था। उनदोनों की समझ में नहीं आ रहा था कि उनके मुँह से ऐसा क्या निकल गया कि पंकज अचानक कोचिंग के लिए निकल गया। दोनों एक–दूसरे को दोष दे रही थी कि तुम्हारी बात से पंकज उठकर चला गया। दीपक ने भी वैसा ही किया और उनदोनों को अपने रूम में पढ़ने का बोलकर निकल गया। दिपक के जाने के बाद दोनों वहीं रहकर पढ़ाई करने लगी।

दीपक और पंकज जल्दी–जल्दी कोचिंग की तरफ भागे आज कोचिंग की दूरी कुछ ज्यादा ही लग रही थी पंकज बार–बार दीपक को तेज चलने के लिए बोल रहा था। दीपक पंकज के पीछे लगभग दौड़ते हुए जा रहा था। अभी दोनों आधा रास्ता ही तय किए थे कि सामने से तीन चार लड़के लड़कियाँ चले आ रहे थे। मोंटू, मिट्टू, माधुरी के अलावा सविता, प्रिति और दो–तीन लड़कियाँ भी थी।

पंकज और दीपक ने उस ओर नहीं देखा और उनलोगों को सड़क के दूसरी तरफ से पार कर लिया। थोड़ा आगे बढ़े होंगें कि मोटू की आवाज आई पंकज रूको तुमको यह बुला रही है। पंकज उसकी तरफ बिना देखे बोला उसके मुँह में जबान नहीं है क्या। पंकज बोल तो दिया पर अन्दर से उसको क्षोभ हो रहा था।

अगली आवाज माधुरी की थी ''रूको'' पंकज फौरन पलट गया और चल कर उसके पास तक गया।

वह गुस्से से बोली ''मेरे बर्थडे में क्यो नहीं आए।''

पंकज कुछ बोल पाता वह दुबारा बोली ''शगुण और आकृती का बर्थडे थोडे है जो तुम जाते।''

पंकज संयमित हुआ और अंगुली दिखाकर बोला ''तुम हमको बोली थी हम तुम्हारे मोहल्ले से हैं तुमको हमको अलग से बोलना चाहिए।''

वह बोली ''तीन अंगुली तुम्हारे तरफ हैं पहले अपना एक अंगुली नीचे करो।''

मोटू बीच बचाव किया और हॉस्टल चलने को बोला। माधुरी फिर पंकज के तरफ देख कर बोली ''गिफ्ट खरीदा है।''

दीपक बीचबचाव किया ''अभी अभी हमलोग वही करने जा रहे थे।''

परन्तू पंकज ने उसे चुप रहने का इशारा किया।

पंकज बोला ''चलो गिफ्ट देते हैं।''

माधुरी हँस कर बोली ''मजाक कर रहे थे गिफ्ट नहीं चाहिए चलो हॉस्टल तुम्हारे लिए केक लाए है।''

तबतक पीछे से साईको भी आ गया था। पंकज के बचपन का सपना सच हो रहा था वह और माधुरी साथ–साथ चल रहे थे उसको और कोई दिखाई नहीं दे रहा था। वह सोच रहा था यह पल कभी नहीं गुजरे। समय यहीं रूक जाए और वह बस माधुरी के साथ ऐसे ही बातें करते रहे वैसे भी आज दोनों के बीच पहली बार बात हुई। पंकज की धड़कन फुल स्पीड पर थी और चारों तरफ का वातावरण सावन की तरह हरा–हरा हो गया था।

थोड़ी देर बाद पंकज का ध्यान टूटा जब साईको माधुरी से कह रहा था कि तुम पंकज भैय्या को भैय्या क्यों नहीं बुलाती हो।

वह बोली ''मेरी मर्जी तुमको क्या।''

सामने वाले लड़के को रास्ते से हटाने के लिए लोग लड़की से भैय्या बुलवा देते थे। एक बार लड़की किसी लड़के को भैय्या बोल दे तो उसका पत्ता समझो कट गया। मोन्टू टाइप के कुछ लड़के ही थे जो लड़की द्वारा भैय्या बोलने के बाद भी लड़की को प्रेमिका के नजर से ही देखते थें।

मोंटू और मिड्डू साईको को कोने ले गए। बाकि लोग धीरे–धीरे हॉस्टल की तरफ बढ़ने लगें। माधुरी एवं सविता को छोड़कर बाकि लड़कियाँ अपने हॉस्टल चली गई। थोड़ी देर में साईको पीछे से जा चुका था। मोंटू और मिड्डू भी अब बाकि लोगो के साथ हो चुके थे। थोड़ी देर बाद सबलोग हॉस्टल पहुँच चुके थे। पूरे रास्ते पंकज और माधुरी मोहल्ले की बातें करते रहे मोंटू बीच में कूदना चाह रहा था पर माधुरी उसको कोई तबज्जो नहीं दे रही थी।

जिस कारण एक बार चलते–चलते मोटू पंकज के कंधे पर हाथ रखकर धीरे से बोला क्या बात है बाँस पहले का चक्कर है क्या।

पंकज बोला ''आपकी कसम मोंटू भाई, कोई चक्कर नहीं है। आज पहली बार बात हुआ है।''

जिसपर मोंटू बोला ''एक तीर से दो शिकार चक्कर हुआ तो रास्ते का कांटा हम हैं वह भी साफ हो जाएगा।''

पंकज बोला ''तुम कांटा नहीं भैय्या हो।''

जिस पर दोनों ने बनावटी ठहाका लगाए लेकिन मोंटू ज्यादा देर तक पंकज से बात नहीं कर सका क्योंकि माधुरी ने उसको फिर खिसका दिया था। हॉस्टल पहुँचते हि माधुरी ने पंकज से कहा कि तुम्हारा कमरा कहाँ है। दीपक समझदार था इसलिए वह उसको अपने कमरे में नहीं ले जाना चाहता था। क्योंकि वहाँ शगुण और आकृती पहले से मौजूद थीं। तबतक मोंटू को इस बात की भनक लग गई थी और वह माधुरी से पंकज का कमरा दिखाने का जिद्द करने लगा। पंकज को समझ में नहीं आ

रहा था कि क्यों दीपक माधुरी को कमरे में नहीं ले जाना चाहता था और मोंटू ले जाना चाहता था और दोनों उलझ क्यों रहे थे।

तभी माधुरी बोली ''बर्थडे गर्ल का चलेगा चलिए पंकज के कमरे में सब चलेंगें।''

तबतक माधुरी अपने बैग से केक निकाल कर पंकज और दीपक को खाने के लिए दे चुकी थी और डब्बा वहीं विनय को दे दिया कि बाकि आप खा लिजीए। केक जैसे ही विनय के टेबुल पर रखा गया उसी पल खड़े लड़के झपट्टा मार कर केक उड़ा ले गए। विनय चिल्लाता रहा एक दम लिच्चरे सब है का।

फिर विनय बाकि लोगो को देखकर शांत हो गया है और बुदबुदा रहा था कि ''साला चार महीना से हम समझ रहे थे कि पढ़ने वाला लईका है ई तो साला भाँति भाँति का आइटम फँसा रखा है। दु गो कमरा में है तीन चार गो को ले जा रहा है। डायरेक्टर को बताना पड़ेगा।''

तभी किसी ने विनय से पूछा ''क्या बोले सर''

वो बोला ''कुछ नहीं केक बहुत अच्छा है।''

इस पर वह लड़का बोला ''केक कहाँ आप तो कागज चाट रहे हैं।''

विनय बोला ''कागज भी तो केके का नू हैं।''

अब सब लोग पंकज के कमरे के तरफ जा रहे थे माधुरी जो अब तक चहक रही थी दरवाजा खुलते ही उसके चेहरे का रंग उड़ गया। उसने देखा कि पंकज के बेड पर शगुण और आकृती पूरी तरह कम्फरटेबल हो कर लेटकर पढ़ रही है। जिससे लग रहा था कि दोनों अनगिनत बार वहाँ आ चुकी थी जबकि आज वो दोनों इस कमरे में पहली बार आइ थी। माधुरी के चेहरे का रंग और तेवर दोनों बदल गए थे और वह दीपक के बेड पर मिड्टू और मोंटू के साथ बैठ गई। और बाकि लोग विपिन के बेड पर बैठ गई।

माधुरी के स्वभाव में अचानक आए बदलाव को पंकज समझ नहीं पाया और उसी से पूछ बैठा ''हम कहाँ बैठे।''

वह बोली ''बैठ जाओ किसी के भी गोद में।''

लहजा सख्त और चुभनेवाला भी था।

पंकज को भी बात बुरी लगी पर वह चुप रहा।

मोंटू ने मौका का पूरा फायदा उठाया और माधुरी को और उकसाने के लिए बोला ''पता है पंकज और आकृती शादी करने वाले हैं।''

पंकज गुस्से से बोला ''हम कब बोले।''

इस पर मोंटू ने आकृती के तरफ इशारा किया।

आकृती मासूम सी हँसी हँसते हुए बोली ''अरे हम तो बोले कुछ बन जाएँगें तब पंकज से शादी करने का सोचेंगे वो भी तब जब मोंटू तुम सरस्वती पूजा के दिन हमदोनों को साथ में देख कर कमेन्ट किए थे कि शादी करनेवाले हो क्या एक दूसरे को छोड़ नहीं रहे हो।''

पंकज बात काटते हुए बोला ''हम क्या दाल है जो बन जाएँगे तब।''

अब माधुरी का चेहरा लाल हो चुका था।

मोंटू ने इसको भाँपते हुए फिर तीर छोड़ा बोला ''ठीक है आज बता दो शादी करोगी कि नहीं।''

पंकज बोला ''मोंटू फालतू बात को मत बढ़ाओ।''

आकृती मोंटू से बोली ''अपने काम से काम रखो यह हमारा निजी मामला है।''

माधुरी से यह सुनकर रहा नहीं गया और बोल पड़ी ''आकृती दी आप तो कहती हैं आप ओपन माइन्डेड है फिर आज झिझक क्यों रही हैं हाँ या ना में जवाब दे दीजीए।''

आकृती बोली ''अभी कोई इरादा नहीं है मैं फिर वही बोलूँगी एक बार हमदोनों सेट हो जाए फिर देखेंगें।''

जिस पर पंकज फिर बोला ''बल्लेबाज हो क्या कि सेट हो जाए फिर देखेंगें सीधा–सीधा बोलो कभी नहीं करेंगें आज कल परसो कभी भी नहीं।''

मोंटू फिर बोला ''इ तो कुछ बोल ही नहीं रही है।''

आकृती घूरते हुए बोली ''तुमको क्यों बताए।''

मोंटू बोला ''तो पंकज को बता दो उसको तो जानने का हक है या दोनों मिलकर खेल लिए घर घर।''

मोंटू का लहजा व्यंगात्यक था। परन्तू अब कमरे का माहौल पूरी तरह गर्म हो चुका था और इस तरह के झिकझिक से पंकज ने अपना आपा खो दिया और जो केक का टुकड़ा वह आधा खा चुका था उसको डस्टबीन में फेंक दिया। यह देखकर माधुरी की भी भौ तन गई।

और वह भी वोली ''ऐसा अक्खड़ व्यवहार अच्छा नहीं है।''

साथ आई सविता ने पंकज को समझाया कि बर्थ डे के दिन बर्थ डे गर्ल का दिल नहीं दुखाते हैं। पंकज को तुरन्त ही अपनी गलती का एहसास हो गया। फिर गलती का एहसास होने पर वह अपने अलमारी से गिफ्ट निकालकर माधुरी की ओर बढ़ा दिया। माधुरी ने पहले तो कहा कि तुम नहीं आए इसलिए नहीं लेंगे। पंकज के बार बार जिद करने पर उसने झल्लाकर गिफ्ट फेंक दिया जो जाकर दूर विपिन के बेड पर गिरा। विपिन ने पंकज को धैर्य रखने का इशारा किया। पंकज को तब समझ में आया अचानक से उसके स्वभाव में आए बदलाव को सब नोटिरा कर रहे हैं। इसलिए अब पंकज संयमित रहने का प्रयास कर रहा था। परन्तू मोंटू द्वारा गिफ्ट फेंके जाने की घटना को प्रतिक्रिया बताने की कोशिश की गई और पंकज की गलती है ऐसा कहा गया। बार–बार ऐसा सुनने के बाद एक बार फिर पंकज ने अपना आपा खो दिया और माधुरी और मोंटू को खरी खोटी सुनाने लगा। मोंटू यही चाहता सीथा। इससे उसके दो काम बन रहे थे। पंकज माधुरी की नजरों में हमेशा के लिए विलेन बन जाएगा। दूसरा उसका अपना खुद का भाई जो पंकज का गुणगाण और

लड़को के साथ करता है इस घटना को बताकर उनका मुँह बन्द कर देगा। माधुरी को तब तक एहसास हो चुका था कि बात कहीं और जा रही है। और वह पंकज के पास आकर उसको एक तरफ चलने का बोली। माधुरी के ऐसा बोलते ही पंकज का गुस्सा काफूर हो गया और वह उसके पीछे हो गया। मिड्डू का कमरा खाली था उसमें वो दोनों चले गए। वह बोली मेरे सर पर हाथ रख कर बोलो तुम्हारा आकृती से कोई चक्कर नहीं है पंकज ने ऐसा ही किया। वह खुश हो गई परन्तु पंकज डर गया कहीं उसने शगुन के बारे में कसम खिलाई तो वह पकड़ा जाएगा। परन्तू ऐसा नहीं हुआ वह खुशी खुशी साँरी बोल कर उसको उसके कमरे में ले गई। वह भी हँसने लगा कि हम सौरी है। पंकज को ऐसा करते देखकर मोंटू को अजीब लगा क्योंकि पंकज हमेशा ही गंभीर रहता था और केवल साथियों के बीच हल्की–फुल्की हँसी मजाक करता था और एक बार गुस्सा होने पर बड़ी मुश्किल से मानता था। पर आज तो मिनट मिनट उसका व्यवहार बदल रहा है। इस कारण उसका पूरा प्लान ही चौपट हो गया। उसकी रणनिति में कहाँ गलती हो रही थी उसको समझ में नहीं आ रहा था। आकृती, शगुण से जब भी किसी बात पर अनबन होती थी तो पंकज उनसे कई दिनों तक बात नहीं करता था। परन्तु आज तो एक सौरी में मान गया। करीब एक घण्टे तक सबने वहाँ नाच गाना किया और फिर सबलोग वहाँ से विदा लिए शाम को पाँच बजे मोना सिनेमा के बाहर मिलना था। शाम के शो की पाँच टिकटे मोंटू के पास थी जो मिड्डू ने सवेरे जाकर खरीदी थी। प्लान था माधूरी, उसकी बड़ी बहन, मोंटू मिड्डू और उसका कोई चेला जाएगा। चेला इसलिए क्योंकि वह फिल्म के बीच मे पॉपकार्न समोसा लाते रहेगा। मोंटू और मिड्डू पैसेवाले थे उनके बहुत से चमचे थे। परन्तू जाते जाते माधुरी ने उनका पूरा प्लान खराब कर दिया वह बोली दीदी मेरे साथ फिल्म देखने नहीं जाएगी। वह कल ही घर चली गई है। उसका पार्ट वन का प्रैक्टिकल था। अब मिड्डू का चेहरा उतर चुका था। माधुरी बोली शगुण साथ में जाएगी।

फिर पंकज के तरफ देखकर बोली ''मोंटू भैय्या के साथ आ जाना ज्यादा पढ़ने का बहाना मत बनाना शगुण भी जा रही है उसके बगल वाली सीट तुमको दे देंगें बतियाते रहना।''

चार बजे मोंटू, पंकज और मिड्डू बाईक से मोना सिनेमा के तरफ निकले। बाईक मोंटू के दोस्त की थी तीनों मोना सिनेमा पहुँच गए तब तक लड़कियों का अता–पता नहीं था। मोंटू और मिड्डू वहीं ब्रेड आमलेट खाने लगे और पंकज को भी खाने को बोला। पंकज ने आज अखबार में पढ़ा था गाँधी मैदान में आर्मी भर्ती का दौड़ है। पंकज को वहाँ अजीब लग रहा था उसको डर था कोई ना कोई वहाँ उसके शहर से जरूर आया होगा। जो उसको वहाँ देख ना ले इस कारण वह बार बार कभी दिवाल की तरफ घूम जाता कभी रूमाल से चेहरा ढक लेता। परन्तु थोड़ी देर में शगुण और माधुरी एक रिक्शे से वहाँ पहुँची। उनके आते ही सभी सिनेमा हॉल के अन्दर पहुँचे। इससे पहले बॉकि लोग कुछ समझते पंकज सबसे पहले सिनेमा हॉल के अन्दर चला गया।

वादानुसार माधुरी ने पंकज को शगुण के बगल में बैठाया। शगुण पंकज से कुछ बात करना चाहती थी परन्तु पंकज फिल्म देखने की एक्टिंग कर रहा था उसका पूरा ध्यान माधुरी पर था जिसको वह कनखियों से देख रहा था। इस बीच शगुण ने माधुरी से कहा कि उसको बाथरूम जाना है माधुरी ने कहा कि पंकज के साथ चली जाईए। मोंटू ने कहा कि वह चला जाएगा पर शगुन बोली पंकज जा रहा है।

शगुण हॉल से निकलते ही पंकज से बोली ''कल सबकुछ इतनी जल्दी हुआ कि हम कुछ कह नहीं पाए। वह मेरे होने वाले पति थे जिसको मेरे चाचा चाची ने चुना है उनकी पहली पत्नी का देहान्त हो चुका है यहीं राजधानी में उँचे पद पर कार्यरत हैं। फिर भी कल तुमने जो किया उसके लिए शुक्रिया। हमदोनों अगर होटल के कमरे में पकड़े जाते तो किसी को हमारे बात का यकीन नहीं होता, उन्होंने भी तुमको धन्यवाद कहा है।''

यह सुनकर पंकज के मन में शगुण के प्रति जो अनजानी घृणा थी वह खत्म हो गई। तब तक माधुरी भी वहाँ आ

गई और उनदोनों को बाहर देखकर मुस्कुरा उठी जैसे मन ही मन अपनी सोची बात गलत होनें पर खुश हो। फिर पंकज ने शगुण से अनुमति लेकर पूरी बात माधुरी को बताई उसका मुँह भय से खुला रह गया।

फिर पंकज के तरफ देखकर बोली "जानते थे तुम पागल हो पर इतना होगे सोचे नहीं थे।"

सब हँसने लगे।

शगुन बाथरूम के अन्दर चली गई।

माधूरी पंकज को देखकर बोली "मोंटू भैय्या बोले पंकज और शगुन जान बूझकर बाथरूम गया है जाकर देखो चूम्मा चाटी कर रहा होगा।"

तब तक मिड्डू और मोंटू भी पहुँच चुके थे उनदोनों ने कहा कि उनको किसी काम से जाना होगा। पंकज भी उनके साथ निकलना चाहता था परन्तु वो दोनों बोले चेकिंग है तीन आदमी नहीं जा पाएँगें यह कहकर वो लोग चले गए। माधुरी ने पूरी फिल्म पंकज से खूब सारी बातें की और फिल्म खत्म होने के बाद भी बाते ही करते रहे।

सिनेमा हॉल से बाहर आने पर पंकज ने दोनों को एक रिक्शे पर बैठा दिया और खुद टेम्पू स्टैण्ड की तरफ भागा। आज भीड़ बहुत ही ज्यादा थी और टैम्पू नहीं मिल रहा था। पंकज को वहाँ एक परिचित मिला जो कि उसके मोहल्ले का था और आर्मी के दौड़ में भाग लेने आया था। पंकज शाम में इसी बात से डर रहा था यहाँ शहर से आया परिचित उसको देख लेगा तो घर पर जाकर बता देगा और पिताजी गुस्सा करेंगें। परन्तू अभी वह अकेला था और सिनेमा हॉल से दूर भी था। इसलिए उस परिचित से अपने घर का हाल चाल पूछा। उसने बताया कि पंकज के पिताजी को कार्यालय में चार महीने पहले सस्पैण्ड कर दिया था और पिताजी गाँव की जमीन बेचकर उसको पढ़ने के लिए पैसे दे रहे हैं। यह सुनकर पंकज के पैरों तले की जमीन खिसक गई वह उनसे जल्दी-जल्दी विदा लेकर पैदल ही हॉस्टल की तरफ भागा। पूरे रास्ते वह अपने पिताजी के बारे में

सोचता रहा जिन्होंने पिछले चार महीनों से पता ही नहीं चलने दिया कि वह आर्थिक रूप से कितने कष्ट में हैं। पंकज तेज कदमों से चलता हुआ एक घण्टे में हॉस्टल पहुँचा परिचित आदमी से बात करने में भी एक घण्टा लग गया था बहुत सारी बातें की थी तब जाकर अंत में पिताजी वाली बात बताई। अब दस से ज्यादा बज चुके थे उसने सोचा थोड़े से रिक्वेस्ट के बाद विनय से दरवाजा खोलवा लेगा और कल से वह सिर्फ पढ़ाई करेगा। पिताजी के उम्मीदों को वह टूटने नहीं देगा। परन्तू दरवाजे पर उसका स्वागत डायरेक्टर सर कर रहे थे वह बहुत गुस्से में थे।

बोल रहे थे ''आज हम आपको खुशखबरी देने आए थे कि आपके लिए दूसरे कोचिंग में मैथ्स पढ़ने की व्यवस्था किए हैं और आप यहाँ लड़कियों के साथ फिल्म देख रहे हैं। फिल्म आठ बजे खत्म हो गई थी आपको साढ़े आठ तक हॉस्टल आ जाना चाहिए था।''

वह बताना चाह रहा था कि पैदल आने में डेढ़ घण्टा लग गया परन्तू कुछ सोचकर उनकी डाँट सुनता चला गया। डायरेक्टर सर को उससे उम्मीद थी इसलिए डाँट रहे थे यह सोचकर वह शांति से सर झुका कर सारी बात सुनता चला गया।

हॉस्टल के सभी लड़के खिड़कियों से उसे देख रहे थें मोंटू खिड़की से देखकर खुश हो रहा था। परन्तू मिड्डू का चेहरा मिश्रित था।

पंकज ने हाथ जोड़ कर डायरेक्टर सर को बोला ''सर आज माफ कर दीजीए आगे कोई शिकायत आएगा तो बाहर निकाल दीजीएगा।''

डायरेक्टर सर विनय को बोले ''इसको कोई अन्दर नहीं आने देगा ना हिं खाना देगा कल सुबह होने पर ही इसको अन्दर आने देना।''

यह कहकर डायरेक्टर सर चले गए। धीरे–धीरे हॉस्टल की सभी खिड़कियाँ भी बंद हो गई। भूख ठंड और थकान से पंकज का बुरा हाल हो रहा था। आज उसे लग रहा था कि भगवान ने उसे कितनी अच्छी जगह पैदा किया हैं।

इस तरह माधुरी का वह जन्मदिन पंकज के जीवन का अविस्मरणीय दिन बन गया।

फैसला

उस रात पंकज को हॉस्टल के बाहर गुजारनी पड़ी। डायरेक्टर सर के आदेश की अवहेलना करने की हिम्मत किसी में नहीं थी। इस कारण किसी ने दरवाजा नहीं खोला लेकिन रात के एक बजे दीपक और विपिन ने पंकज को उसका चादर तथा रोटी में लपेटकर सूखी सब्जी दी। जिसके कारण पंकज के ठंड और भूख की समस्या दूर हो गई। पंकज सवेरे होने का इंतजार करने लगा और न्यूज पेपर वाला ने जब हॉस्टल का ग्रिल खटखटाया तब विनय ने ग्रिल खोला और पंकज को भी आवाज दिया अन्दर आ जाओ। पंकज अन्दर आते ही अपने कमरे में गया और बेड पर लेट गया। लेटते ही उसको नींद आ गई और जब नींद खुली तो दिन के बारह बज चुके थे। पंकज तैयार हुआ नाश्ता किया और कोचिंग के तरफ निकल गया और वहाँ डायरेक्टर सर के ऑफिस में गया और पूरे आत्मविश्वास के साथ उनको बोला ''सर आप अपना स्नेह मुझसे कम मत कीजिएगा हम आपके विश्वास को कभी कम नहीं होने देंगें।''

डायरेक्टर सर ने पंकज को देखा और भाँप लिया कि यह सच बोल रहा है। उसके बाद पंकज ने उनको पिताजी के नौकरी के बारे में बताया और कहा कि ''वह आज उनसे आज्ञा लेने आया है वह घर जा रहा है और वहीं रहकर पढ़ाई करेगा।''

डायरेक्टर सर ने उसको रोकने की बहुत कोशिश की परन्तु वह नहीं रूका। पंकज लौटने का मन बना लिया था और हॉस्टल पहुँच कर अपना सामान समेटा और दीपक और विपिन से कहा कि स्टेशन तक छोड़ दे। रात की ट्रेन से पंकज घर वापस लौट गया उसने साथ में केवल अपनी किताबें और थोड़े

बहुत कपड़े ही लिए थे। अगले दिन वह अपने घर पहुँच चुका था।

घर पहुँचकर पंकज ने देखा पिताजी उसको देखकर बहुत खुश हुए और उसकी पढ़ाई के बारे में कुछ पूछा। उसने बताया कि सब अच्छा चल रहा है यह सुनकर पिताजी खुश हुए और वहाँ से चले गए। पंकज ने पिताजी को बताया कि वह बारहवीं की परीक्षा देने आ गया है जो कि दो महीने बाद है। पंकज घर पर रहकर खूब मेहनत कर रहा था परन्तु चींजो को समझने में उसको कुछ दिक्कत हो रही थी। जिसका निराकरण करने वाला वहाँ कोई नहीं था। पंकज ने बारहवीं की परीक्षा दी और तब तक उसके आई०आई०टी० पी०टी० की परीक्षा का एडमीट कार्ड घर आ चुका था। अगले महीने परीक्षा थी। उसको आए हुए तीन महीने हो चुके थे इस बीच उसने दीपक और विपिन से एक दो बार बात की थी। उन्होने बताया कि किस तरह उसके जाने के बाद मोंटू ने कोचिंग में फैला दिया कि डायरेक्टर सर ने पंकज को कोचिंग से निकाल दिया। शगुन का रो–रो के बुरा हाल था। माधुरी से लोग तुम्हारा हाल–चाल पूछ रहे थे परन्तू उसको ज्यादा जानकारी नहीं हैं।

पंकज आई०आई०टी० पी०टी० से एक दिन पहले ही राजधानी पहुँच गया। इस बार उसके हॉस्टल पहुँचते ही सबने उसका जोरदार स्वागत किया। बारहवीं के सभी स्टूडेन्ट्स चिल्ला–चिल्ला कर उसको बता रहे थे कि उसको कितना मिस किये। असल में सण्डे को ग्यारहवीं और बारहवीं में क्रिकेट मैच होता था। जिसमें पंकज अपने ऑलराउण्ड खेल से बारहवीं को जीत दिला देता था। परन्तु पंकज के नहीं रहने पर बारहवीं लगातार सारा मैच हार गया था। क्रिकेट मैच ही एकलौती चीज थी जिसमें दीपक, विपिन, मिड्डू और मोंटू सभी मिलकर अपने टीम को जीताने का प्रयास करते थे। पंकज के एडमीशन के बाद से बारहवीं एक तरफा जीत रही थी जो कि उसके घर जाने के बाद अब एक तरफा हार रही थी। रविवार को आई०आई०टी० की पी०टी० थी और उसी दिन मैच भी था। बारहवी के लड़के खुश थे ग्यारहवीं वाले उदास। पंकज इन सब चीजो में ध्यान नहीं देना चाहता था उसका पूरा फोकस आई०आई०टी० की पी०टी० पर था

जिसमें 40 प्रतिशत स्कोर करने पर मेन्स के लिए क्वालिफाई करने का चांस था। पंकज ने मैथ्स नहीं पढ़ा था इसलिए 33 प्रतिशत सवाल तो ऐसे होने वाले थे जो कि उसके समझ के बाहर थे शेष 66 प्रतिशत सवाल थे जिसमें उसको 40 प्रतिशत लाना था। इसलिए वह दबाव में था। ग्यारहवीं वालो को मैच जीतने के लिए शरारत सूझी। उन्होंने क्लास में माधुरी को समझा दिया कि पंकज भैय्या तुम्हारे साथ फिर से फिल्म जाना चाहते हैं परन्तु खुद से नहीं कह पा रहे है। तुम यदि सामने से बोलोगी तो वह तैयार हो जाएँगे वैसे भी वह शर्मीले हैं। इस प्लान में साईको के अलावा ग्यारहवीं के सभी लड़के शामिल थे। पर मुख्यतः इसको अमितेश और जवाहर ने अंजाम दिया था। माधूरी ने वैसा ही किया और मिलते ही पंकज को फिल्म देखने का प्रस्ताव दे दिया पंकज मना नहीं कर पाया। मैच दो बजे से था। पंकज का पी०टी० का परीक्षा एक बजे समाप्त होता फिल्म तीन बजे का शो था इसलिए 02:30 तक निकलना था।

अगले दिन पंकज नौ बजे हॉस्टल से परीक्षा के लिए निकल गया। परीक्षा गाँधी मैदान के पास के ही एक कॉलेज में थी। पंकज समय पर कॉलेज पहुँच गया और सबकुछ उसके सोच के अनुसार ही हुआ उसने लगभग 40 प्रतिशत सवालों के सही जवाब दिए उसको पता था 30 प्रतिशत तक क्वालिफाई करने का चांस है 40 प्रतिशत तो ज्यादा हो गया इसलिए वह खुशी–खुशी कोचिंग के सामने वाले शाखा मैदान में पहुँच गया। वहाँ सबलोग पहले से पहुँचे हुए थे। अब पंकज उधेड़बुन में था मैच खत्म होते होते ही चार बज जाएगा। और कितना भी जल्दी मैच शुरू हो चार से पहले खत्म नहीं होगा। पहले भी 2 घण्टा का ही मैच होता था। वह माधुरी को मना भी नहीं कर सकता था। बावजूद इसके कि वह पिछली बार उससे बिना बताए घर चला गया था वह उससे अच्छे से बात कर रही है। मैच वाला बात सुनकर गुस्सा ही हो जाएगी। पढ़ाई के लिए तो माधुरी फिल्म को छोड़ सकती थी पर क्रिकेट मैच के लिए वह नहीं मानेगी। पंकज को समझ नहीं आ रहा था कि इधर जाए या उधर जाए। दो बजे माधुरी वादानुसार कोचिंग के पीछे वाली सड़क पर आ चुकी थी पंकज को कुछ सूझ नहीं रहा था वह

दीपक को पाँच मिनट का बोलकर ग्राउण्ड से निकल गया। माधुरी तब तक एक रिक्शे पर उसका इंतजार कर रही थी पंकज ने सबसे पहले रिक्शेवाले को दस रूपए देकर उसको वहाँ से जाने को बोला। माधुरी आश्चर्य में पड़ गई कि पंकज करना क्या चाहता है। फिर वह प्यार से बोला ''जानती हो वहाँ अपने शहर में खेलते हुए जब भी हम तुमको देख लेते थे तो उस दिन मेरे खेल का स्तर काफी उठ जाता था और प्रदर्शन कुछ ज्यादा ही अच्छा हो जाता था। आज ग्यारहवीं और बारहवीं का मैच है और हम चाहते हैं फिल्म के बजाए तुम वह मैच देखो।''

माधुरी को अबतक समझ में आ गया था कि पंकज को मैच से दूर रखने के लिए ग्यारहवीं के लड़को ने यह फिल्म वाली चाल चली थी।

वह यह सोच कर मुस्कुराते हुए बोली ''चलो आज किस्मत कनेक्शन भी देख लेते हैं।''

वहाँ मैदान में टॉस हो चुका था दीपक टॉस जीता और पहले बल्लेबाजी का निर्णय लिया। मोंटू के साथ पंकज को ओपनिंग करना था पन्द्रह ओवर का कास्को बॉल से मैच था। डायरेक्टर सर जो पहले बारहवीं से खेलते थे वह पंकज के जाते ही ग्यारहवीं के टीम में शिफ्ट हो गए थे और आज पंकज के वापस आते ही वह फिर बारहवीं के टीम में आ गए थे। वह बार–बार दीपक से पूछ रहे थे तुम्हारा ओपनर भाग तो नहीं गया। असल में डायरेक्टर सर विजेता टीम को पहले से भाँप लेते थे और खुद उसी टीम मे एडजस्ट हो जाते थे। खेल के प्रति जूनूनी थे और हार जाने पर रात को हॉस्टल का सरप्राइज विजिट करते और विजेता टीम के खिलाड़ियों से मुश्किल सवाल पूछकर जवाब नहीं देने पर पिटाई करते, इस कारण सभी चाहते थे कि डायरेक्टर सर की टीम जीत जाय। ग्यारहवीं के लड़को को अब अपना ही दाँव भारी पड़ रहा था क्योंकि यदि अब ग्यारहवीं जीतता है तो शाम को क्वीज शो विथ डायरेक्टर सर होगा जिसमें सबकी पिटाई पक्की। एक बार शतरंज में डायरेक्टर सर ने पूरे हॉस्टल को चैलेन्ज किया कि जो कोई उनको हरा देगा तो पूरे हॉस्टल को फिल्म दिखाएँगें। पंकज उनकी बातों में

आकर उनसे चेस खेल बैठा और उनको हरा दिया आधे घण्टें तक तो वह चेक मेट वाला चाल देखते रहे फिर मोंटू ने हिम्मत करके बोला कि सर कोई उपाय नहीं है। डायरेक्टर सर ने सबको फिल्म तो दिखाई पर दस बजे रात को सरप्राइज टेस्ट लिया। रण्जीत सर को विशेष रूप से पंकज को टफ सवाल पूछने के लिए बुलाया गया। वह फिजिक्स में सवाल पूछते रहे पंकज जबाव देता रहा।

अंत में रणजीत सर ने आँख भार कर बोला ''एक डण्डा का सवाल है खा लो दोनों बच जाएँगें इस रैंगिंग से।''

तब जाकर पंकज ने एक सवाल का गलत जवाब दिया और सबकी जान बच सकी।

मैदान में अब सभी मना रहे थे पंकज आ जाए हुआ भी वैसा ही पंकज मैदान में पहुँच चुका था। साथ में माधुरी भी थी जो वहीं एक बेंच पर बैठ गई। माधुरी की मौजूदगी में पंकज ने मैच को एकतरफा कर दिया पहले तो ताबड़तोड़ छक्के लगाए। और कब 150 रन बना दिए पता ही नहीं चला। मोंटू की जब भी स्ट्राइक आ रही थी तो वह एक रन लेकर पंकज को स्ट्राइक दे रहा था जिस पर सभी बोल रहे थे कि मोंटू टीम को प्रति गेंद पाँच रन का लॉस दे रहा है। पूरा माहौल खुशनुमा था वह तो भला हो कि पंकज आठवें ओवर में रन आउट हो गया था वर्ना आज पता नहीं कितना रन बनता।

गेंदबाजी में भी वही हुआ पंकज की गेंद आग उगलती हुई विकेट को जा रही थी। मैच दस ओवर में समाप्त हो गया। मैच के बाद पंकज ने माधुरी को थैंक्स कहा और विदा लिया कि आज रात वह चला जाएगा। रात की ट्रेन थी।

जिस पर माधुरी बोली ''आज रुक जोओं।''

पंकज मान गया किस्मत कनेक्शन को भला कौन मना कर सकता था। माधुरी अपने हॉस्टल आ गई और रात का खाना खाकर सोने चली गई तभी नीचे वाले फ्लोर से आवाज आई तुम्हारा फोन है वह नीचे गई फोन उठाई और फिर आकृती को साथ लेकर ब्वायज हॉस्टल की ओर चली गई। रात के साढ़े नौ

बज रहे थे हॉस्टल के बाहर पुलिस जीप थी जिसमें पंकज को हथकड़ी के साथ दो सिपाही बैठा रहे थे। माधुरी को लगा अभी तो उसको ट्रेन में होना था सब उसकी गलती है। उसको उसे नहीं रोकना चाहिए था। पुलिस गाड़ी जाने के बाद सबलोग वहीं बैठ गए और। अगली खबर आने का इंतजार करने लगे। माधुरी उस घड़ी को कोस रही थी जब उसने उसको रोका था। आखिर पुलिस क्यों पंकज को पकड़ कर ले गई माधुरी की दीदी बोल रही थी कि हम तो पहले ही बोले थे चोर है चोरी करते हुए पकड़ाया होगा। इस पर सभी ने उसको आँख तरेरा और मोंटू ने कहा जब मैटर पता नहीं हो तो ओपिनियन नहीं देना चाहिए।

रात ज्यादा हो रही थी इसलिए सभी लड़कियों को उनके हॉस्टल छोड़ दिया गया। परन्तु माधुरी शगुण के मोबाईल से डायरेक्टर सर को बार–बार फोन कर रही थी परन्तु उधर से कोई फोन नहीं उठा रहा था। सवेरे चार बजे मनोज ने फोन उठाया और बस इतना बताया कि डायरेक्टर सर ने पंकज को थाने से छुड़वा लिया। स्थानीय विधायक जो कि कोचिंग के संरक्षक भी थे उनके कहने पर पंकज को छोड़ा गया। माधुरी पूछना चाह रही थी कि हुआ क्या है पर उससे पहले ही फोन कट गया। माधुरी ने बाकि दोनों को पूरी बात बताई और फिर सबलोग अपने–अपने कमरे में सोने चले गए।

दस बजे के करीब माधुरी की आँख खुली वह तैयार हो कर जल्दी–जल्दी कोचिंग पहुँची वहाँ शगुण और आकृती पहले से मौजूद थे। दीपक उनदोनों को पूरी कहानी बता रहा था कि कल मैच के बाद जब पंकज हॉस्टल गया वहाँ साईको का व्यवहार पंकज के प्रति काफी आक्रमक था। वह बार–बार पंकज को उकसा रहा था। साईको पिछले दो महीने में माधुरी को दो–तीन बार प्रपोज कर चुका था जिसे माधुरी ने इनकार कर दिया। और उसके दिए कार्ड को उसके सामने ही फाड़ दिया था। पंकज का वापस लौटना उसको अच्छा नहीं लग रहा था वह सोचता था कि पंकज के कारण ही माधुरी उसको भाव नहीं दे रही है। जबकि माधुरी उसके सनकी व्यवहार के कारण उससे दूर भाग रही थी। कल रात वह बार–बार पंकज के बेड पर आकर पंकज को उकसा रहा था कि मर्द का बच्चा है तो मुझसे दो–दो

हाथ करके बताओ। पहले तो उसके बात को सब मजाक में उड़ाते रहे पर जब वह नहीं माना तो मैं और विपिन उसको धमकाने लगे। परन्तू वह अन्त में पंकज को उकसाने में कामयाब हो गया। कॉमन रूम में दोनों का झगड़ा हुआ। विपिन रेफरी बना। साईको को लगा कि वह शरीर से हट्टा कट्टा है इसलिए पंकज को पीट कर माधुरी से हुए अपमान का बदला ले लेगा। शुरू में पंकज धीरे–धीरे बस साईको को टच कर रहा था किन्तू साईको ने उसके आँख के नीचे तेज मुक्का मार दिया। पंकज ने फुर्ती से काम लिया और साईको के पैरों के बीच के जगह पर मारा और जब वह उसको पकड़ने गया तो उसके नाक पर मुक्का मार दिया उसका नाक टूट गया और उससे खून बहने लगा। साईको को चोट से ज्यादा अपमान की चिंता हुई और एक कमरे में बंद हो गया अपना नस काट लिया और चिट्ठी छोड़गया कि उसकी इस हालत का जिम्मेवार पंकज है। दरवाजा तोड़कर साईको को निकाला गया और मेडिकल कॉलेज ले जाया गया जहाँ उसके ऊपर के पॉकेट से पुलिस को चिट्ठी मिली और पुलिस पंकज को हॉस्टल से उठाकर ले गई। हमलोग उसको भागने को बोले थे पर वह बोला पुलिस उसके शहर तक चली जाएगी और यह बात उसके माता पिता को भी पता चल जाएगी। यहाँ जेल भी हो जाएगा तो माता पिता को लगेगा तैयारी कर रहा है। डायरेक्टर सर को जब बात मालूम हुई तो पहले तो वह साईको के पास गए और उसको बहला फुसला कर उसका स्टेटमेन्ट चेंज करवाए फिर लोकल विधायक को पंकज के बारे में बताए कि रिजल्ट देने वाला लड़का है कोचिंग का अगला पोस्टर ब्वाय बनेगा इसलिए इसको बचाना जरूरी है।

आकृती बात काट कर बोली "डायरेक्टर सर जितने खड़ूस दिखते हैं उतने हैं नहीं।"

इस पर सब ठहाका लगाते हैं। परन्तू तभी सबने देखा डायरेक्टर सर पीछे खड़े है और बोल रहे थे "जितना खड़ूस समझे उससे ज्यादा हैं आकृती जी हम उससे ज्यादा हैं। अभिए आप पीटा जाइएगा मिस कनडक्ट में।"

इस पर सबका ठहाका रूक गया और डायरेक्टर सर का ठहाका शुरू हो गया। आकृती को तो लगा आसमान उस पर गिर गया है। डायरेक्टर सर फिर हँसते हुए बोले ''पंकज को छोड़ने गए थे। पैसेन्जर ट्रेन में बैठा कर आए हैं। प्रामिस किया है रैन्क देगा इस साल।''

दीपक बोला ''यदि नहीं भी देगा तो आपका प्यार उसके लिए कम थोड़े ही हो जाएगा हमलोग को पता है आप हम सब में उसको ज्यादा मानते हैं।''

तीनो लड़कियों ने हाँ में हाँ मिलाया। जिसपर डायरेक्टर सर ने एक टफ प्रश्न लड़कियों से पूछा ''अच्छा ये बताओ कि तुममें से सबसे ज्यादा पसंद पंकज किसको करता है।''

सभी इधर–उधर देखने लगे। इस पर दीपक बोला ''आकृती को।''

आकृती खुश हो गई। शगुण का रिएक्शन सपाट था। डायरेक्टर सर का ना वाला। डायरेक्टर सर बोले ''अच्छा अब प्रश्न बदलते है कि तुमलोग में से पंकज को ज्यादा पसंद कौन करता है।''

तीनों एक दूसरे के तरफ इशारा कर रहीं थी। डायरेक्टर सर बोले ''मतलब तुम में से किसी को वह प्रपोज नहीं किया है और ना ही तुमलोग में से कोई उसको प्रपोज किया हैं।''

सबने हाँ में सर हिलाया।

डायरेक्टर सर बोले ''अब तक हम टीचर लोग झूटमूठ का गेस कर रहे थे किसके कारण पंकज का रैंक खराब होगा। यहाँ तो सभी फोसला के सदस्य हैं। (FOSLA- Frustated One Sided Lovers Assosiation) बताओं इतने दिनों से इतना बवाल तुमलोग ने काटा पुलिस, जेल, मुकदमा सब हो गया और किसी को कुछ पता नहीं। यह बोलते हुए गाना गुनगुनाते हुए डायरेक्टर सर अपने ऑफिस चले गए।

''किसी से तुम प्यार करो, तो इजहार करो, कहीं ना फिर देर हो जाए।''

दूसरी तरफ पंकज ट्रेन में जल्दी से जल्दी घर पहुँचने का इंतजार कर रहा था। वह जल्दी से जल्दी घर जाकर अपने पिताजी को गले लगाना चाह रहा था और उनसे कहना चाह रहा था पापा आपने मुझपर जो विश्वास किया वो कभी कम नहीं होगा हम एक दिन जरूर आपको अपने पर गर्व का मौका देंगें। यही सोचते सोचते पंकज की ट्रेन उस स्टेशन तक पहुँच गई जहाँ से उसको ट्रेन बदलना पड़ता था। पंकज पूरी रात जगा हुआ था वह छोटी लाइन की ट्रेन में एक सीट पकड़कर सो गया। परन्तु इस बार वह अपने बैग के प्रति ज्यादा सचेत था। उसकी आँख लग गई और जब नींद खुली तो पूरा ट्रेन खाली हो चुका था और ट्रेन अपने गंतव्य पहुँच चुकी थी। रात के आठ बज रहे थे वह स्टेशन के बाहर आया और एक रिक्शा पकड़कर अपने घर की ओर चल दिया।

पिछली पूरी रात उसकी हवालात में बीती थी एक–एक पल भारी पड़ा था परन्तु जैसे–तैसे वह बाहर आया उसको साईको से लड़ना नहीं था यह सोचकर वह सिहर उठा। तभी रिक्शा माधुरी के घर के सामने से निकला पंकज बालकनी में माधुरी को देखकर चौंक गया क्योंकि कल तक तो माधुरी को यहाँ लौटने का कोई प्लान नहीं था संभवतः आज सवेरे तक वह राजधानी में ही थी मनोज ने बताया था कि रात भर फोन करके परेशान की है। फिर अचानक से वह यहाँ कैसे वह दो बार अपने आँख को मींचा लेकिन बालकनी में माधुरी उसी तरह खड़ी थी। और हाथ के इशारे से कुछ नंबर लिखवा रही थी। (6....2.... 3....1....) शायद पाँच डिजीट का फोन नंबर था। क्योंकि पंकज का भी घर का फोन पाँच डिजीट का था उसने नंबर नोट कर लिया। पर पंकज अब भी यही सोच रहा था कि माधुरी यहाँ इतनी जल्दी पहुँची कैसे।

पंकज को अपने घर के सामने से गुजरता देख माधुरी ने एक मुस्कान बिखेर दी पंकज सब कुछ भूल कर फिर उसी एहसास में खो गया जो कि माधुरी को देखते ही उसके दिल में आता है।

9 789356 110618